LA HIJA DEL ALFARERO

JOSÉ LUIS PERALES

LA HIJA DEL ALFARERO

PLAZA 🄷 JANÉS

Primera edición: noviembre, 2017
Primera reimpresión: diciembre, 2017

© 2017, José Luis Perales
© 2017, Penguin Random House Grupo Editorial, S. A. U.
Travessera de Gràcia, 47-49. 08021 Barcelona

Printed in Spain – Impreso en España

ISBN: 978-84-01-02039-1
Depósito legal: B-20.844-2017

Compuesto en Revertext, S. L.

Impreso en Liberdúplex
Sant Llorenç d'Hortons (Barcelona)

L 020391

Penguin
Random House
Grupo Editorial

A TI, PÁGINA EN BLANCO

Te miro y me duele mirarte. Tan fría y tan inmaculada.
Tan baldía y tan triste, esperando que surja la caricia.
Y yo, ¿qué podría inventarme para llenarte toda y darle
contenido a tanta espera? Hoy quisiera contigo ser sincero.
Y contarte que soy un mar de dudas.
Esta noche me quedaré contigo hasta
que se nos duerma la luna.

1

Después de un invierno interminable y frío, el sol volvió a entrar por la hoja entreabierta del ventanuco, única ventilación del dormitorio del matrimonio, en donde en un cubo de cinc, inservible un día por el uso, y lleno con tierra fértil traída del monte años atrás por Justino, su marido, Brígida había plantado un esqueje que, con el tiempo, al multiplicarse, habría de ocupar todo el espacio disponible hoy cuajado de claveles rojos, que como cada primavera florecían y caían en cascada desde la ventana hacia la calle, lamiendo la pared blanca mil veces encalada de la casa.

—¿Duermes? —le preguntó Brígida a su marido.

—Claro que no. Cómo iba a dormir con todas las cosas que he tenido esta noche en la cabeza, si estaba ya deseando que amaneciera.

—¿Y cuáles han sido esas cosas tan importantes que te han quitado el sueño? —preguntó Brígida, que había padecido las vueltas en la cama del derecho y del revés, pues su marido, a lo largo de toda la noche, la había tenido en un duermevela.

El ladrido de un perro en la calle, el ruido sordo de los pasos de un burro en el pavimento de tierra y la voz de un hombre que Justino imaginó montado a su grupa y una voz soñolienta diciendo «Arre», les hizo entender que en El Espejuelo, un pueblo perdido entre bosques impenetrables de pinos, bordeado por un río y vigilado desde una altura próxima al cielo, hasta donde se encaramaban las rocas calizas verticales y solemnes horadadas en sus cornisas por las buitreras, en donde sus carroñeros habitantes tenían sus nidos desde que el mundo es mundo, ya andaban despiertos.

—Tienes la manía de cerrar tanto la ventana al acostarnos, que uno no se entera de cuándo amanece —dijo Justino saltando de la cama en calzoncillos largos de felpa, que pronto cambiaría por unos más frescos que usaba en el buen tiempo, y dirigiéndose a la ventana la abrió de par en par y descubrió que los claveles estaban florecidos y que la primavera había llegado—. ¿Has visto esto? —preguntó a su mujer mirando los claveles mientras esta, aún soñolienta, se levantaba de la cama.

—Claro que he visto eso. Como que los riego todos los días.

—Hay que ver qué buena mano tienes para las plantas —dijo Justino—. Especialmente para las flores; si dedicaras tanto cariño a los huertos, menos viajes echarías a las tiendas a comprar verduras, tomates, pepinos… Pero no te ha dado por eso, qué le vamos a hacer.

Brígida, que no era muy campesina, prefería cosechar los frutos en la tienda, o en la cesta de alguna vecina cuando venía del huerto cargada como un burro de todo tipo de hortalizas.

—Ese trabajo es más para hombres fuertes y, como bien sabes, yo no ando muy bien de las piernas para ir por el campo caminando y trompicando, como algunas mujeres que se pasan la vida en el huerto como si no tuvieran nada mejor que hacer.

En un rincón del dormitorio, tras la puerta y cerca de la ventana, para aprovechar la luz que ahora entraba a raudales, Justino se lavaba la cara chapoteando en el agua de la palangana de hierro con baño de porcelana mientras de reojo, mirándose en el espejo, se contaba las arrugas de la cara antes de embadurnarse con jabón y rasurarse la barba con una navaja de barbero. Entretanto Brígida, sentada en el borde de la cama, esperaba pacientemente su turno para mojarse con una toalla la cara, el pecho y las axilas, hasta terminar pasándose la lendrera por su pelo mojado y enmarañado de mal dormir, y bajar después a la cocina a preparar el almuerzo.

La alcoba contigua al dormitorio de los padres era compartida por sus dos hijos: un varón llamado Carlos y una joven llamada Francisca. El primero había terminado su período escolar a los catorce y su futuro sería ser alfarero como su padre y como el padre de su padre, y ahí terminaban sus aspiraciones. Francisca, que ya casi había olvidado lo aprendido en la escuela que hacía cuatro años había dejado, colaboraba en las labores de la casa ayudando a su madre y aspiraba a un tipo de vida diferente lejos de El Espejuelo. Lejos de ese paisaje, siempre el mismo, y lejos de las caras con las que encontrarse cada día por las calles durante años. Un tipo de vida en el que conocer otro mundo, a otros jóvenes con los que cruzar unas palabras menos toscas que las que cruzaba con ellos en el pueblo. Deseaba volar a medida que iba pasando el tiempo mientras sentía que sus alas iban creciendo fuertes, soñando cada noche con marcharse del pueblo para empezar a trabajar como empleada doméstica al igual que algunas de sus amigas que ya ejercían ese trabajo en la ciudad, lo que las hacía autosuficientes y les permitía, cuando iban a las fiestas del pueblo, lucir los vestidos que Francisca soñaba poder comprarse algún día. Y mientras, mirándose en el espejo descubría cómo se iba haciendo mujer. Una mujer muy hermosa.

Ellos, los hijos, eran los más perezosos para levantarse por la mañana, de forma que su madre se veía obligada cada día a retirar la ropa de sus camas y obligarles a bajar a la cocina, no antes de haberse lavado, una vez cambiada el agua de la palangana por agua limpia de lluvia recogida durante el invierno en una de las tinajas situada en un rincón del portal, para lo que usaban una jarra alta y cónica de boca estrecha y del mismo material que la palangana, colocada habitualmente en el suelo bajo el espejo.

Cuando Brígida, después de su aseo, bajó a la cocina a preparar el almuerzo, por la escalera empinada y estrecha cuyos escalones encalados repasaba con una brocha y un bote metálico lleno de cal viva al menos una vez por mes, un olor a leña quemada anunciaba que Justino ya había encendido el fuego en la chimenea de la cocina, por donde entraba una luz azulada abriéndose paso entre el humo marcando un cuadro luminoso en el suelo de yeso, en donde Brígida pondría la sartén con las gachas recién cocinadas y calientes hasta abrasar sobre las trébedes de hierro, y, en un orden riguroso de parcelas, cada uno en su lugar, los cuatro, cuchara en mano, almorzarían lo de todos los días, excepto en el verano, que cambiarían de menú por alguna comida más refrescante como ensalada de lechuga, tomate, pimiento, pepino, atún, y todo lo que a Brígida se le hubiera ocurrido comprar sin tino en la tienda del pueblo.

Mientras almorzaban, el silencio en la cocina era sepulcral, hasta que, una vez terminada una de las dos cosas principales, según el dicho popular «Lo primero y principal oír misa y almorzar. Y si tienes mucha prisa, almorzar sin oír misa», y cuando las cucharas yacían en el suelo bajo la sartén ya lamidas por los gatos para ahorrar agua en el fregadero, Justino, tomando el porrón y después de un trago largo de vino de su cosecha, dirigiéndose a su familia habló:

—Bueno —dijo—. Desde hace tiempo algo me quita el sueño y creo que ha llegado el momento de hablar de vuestro futuro.

Todos lo escuchaban como al director de orquesta al que hay que atender para interpretar la partitura con el tempo y la intención que él marque.

—Tú, Carlos —dirigiéndose a su hijo—, has terminado hace ya dos años tu etapa escolar y, como bien sabes, nuestra economía no da para enviarte a una escuela superior como hacen los hijos de los más afortunados del pueblo. Así que a partir de hoy trabajarás conmigo en el tejar. El trabajo verás que no tiene ninguna dificultad y pronto aprenderás el oficio, y como a mí, te hará independiente para en su día poder formar una familia. Por fin ha pasado el invierno, y como siempre llega el momento de empezar de nuevo el trabajo en el alfar. Ese trabajo que solo podemos realizar en el tiempo que va desde la primavera a la época de las lluvias.

Carlos escuchó a su padre sin sorprenderse, pues en el pueblo ya se sabía por tradición que el hijo del herrero tenía como destino ser herrero; el hijo del albañil, tras un aprendizaje breve, sería inevitablemente albañil, y el hijo de un campesino sería un niño yuntero. Así como el hijo de un hombre rico, si el padre conservaba la cabeza y no se metía en líos de faldas (que suelen acabar con la fortuna del más millonario), sería también como su padre, un hombre rico.

—Así que ya sabes —dijo Justino—. Después de esta reunión familiar puedes preparar todo lo necesario para empezar hoy mismo el trabajo, que este año, con tantas tormentas de granizo, los tejados de todo el pueblo han quedado dañados, y es nuestra oportunidad de retejarlos antes de que alguien de otro pueblo se nos adelante, los arregle y a nosotros se nos quede cara de tontos.

Su hijo Carlos contaba con ese destino, pero nunca creyó que sería tan inmediato el comienzo de esa nueva vida al lado de su padre y bajo su control. Mientras pensaba en todas esas cosas, sintió que su padre le dirigía una mirada urgente y entendió que era el momento de ir a la cuadra, ensillar el burro, preparar la carretilla, las azadas, las cribas, el botijo para el agua y todo lo necesario para salir del pueblo camino del tejar, que después de tantos meses de inactividad tendrían que adecentar.

Cuando Carlos salió de la casa, Brígida y su hija Francisca permanecieron sentadas en sus sillas de anea frente a Justino esperando destino, aunque para una chica tan joven, aun sabiendo que el pueblo no era el mejor lugar para trabajar y encontrar un marido con el que formar un hogar como el formado por ellos, tener hijos y, con el tiempo, hacerlos abuelos, su padre consideraba que a su edad, y a pesar del empeño demostrado por Francisca de salir de casa y ser libre, esa idea quedaba todavía muy lejos, ya que consideraban que era pronto para dejarla marchar a la ciudad, sola y sin trabajo, una decisión demasiado aventurada.

El padre se dirigió a Francisca intentando convencerla de que a su edad era peligroso marcharse de casa a trabajar fuera, dada la inmadurez a todas luces de la chica, que viendo el derrotero que iba tomando el discurso de su padre se levantó de la silla como por un resorte, y enfurruñada lo dejó con la palabra en la boca y salió de la cocina como un gato escaldado tomando las escaleras arriba camino del dormitorio, para de un salto tenderse en la cama esperando el consuelo de su madre, que no tardó en aparecer y quiso tranquilizarla acariciándole el pelo y haciéndole trenzas, hasta que, una vez calmada, tomando aire hasta hincharse como un sapo, Francisca explotó en un grito:

—¡Me marcho de aquí! ¡No aguanto más! ¡Creo que ya soy mayorcita para valerme por mí misma! ¡No necesito tus consejos, padre, ni tampoco los tuyos, madre! ¡Esta casa es demasiado pequeña para poder volar, y necesito aire para respirar otro tipo de vida! ¡Me voy!

Francisca dio un respingo, se levantó de la cama y sin pensarlo se dirigió a su armario, sacó una bolsa de tela con flores estampadas y anillas de madera, y se dispuso a llenarla de ropa mientras su madre, envuelta en un llanto sin consuelo, sentada en la cama, trataba de hacerle razonar. De pronto, una voz con la potencia de un trueno llegó desde la cocina y subió por las empinadas escaleras rebotando en el techo hasta llegar al dormitorio de Francisca. Era la voz de su padre:

—¡Vete! Si te crees capaz de afrontar la vida sin la ayuda de nadie, vete. Si no necesitas los consejos de tu padre, ni te importa el llanto de tu madre ni el dolor de tu hermano cuando vuelva del trabajo y vea que no estás, si quieres descubrir cómo es la soledad, entonces vete, no te demores ni un minuto más, porque esa soledad te está esperando. Sobre la mesa de la cocina te dejo el dinero suficiente para tu billete de ida en el tren.

¡Solo el de ida! ¡Vete pero no vuelvas, porque la puerta de esta casa a partir de hoy estará cerrada para ti!

Con un golpe que hizo temblar las paredes, y desnivelarse el cuadro de Nuestra Señora del Perpetuo Socorro colgado en la pared del portal, Justino cerró la puerta. Salió a la calle disimulando las lágrimas y mirando a todos lados por si alguien le veía. Un hombre no debe llorar. Se encaminó hacia el tejar próximo al pueblo, en donde Carlos, su hijo, ya estaría limpiando la era de desperfectos, pues las lluvias del invierno con sus aluviones de agua habían horadado el suelo y lo habían sembrado de piedras.

El eco de la voz rota de Justino se fue extinguiendo en la casa a medida que se iba alejando, mientras Brígida, entre llantos, trataba de convencer a su hija para que se quedase sin conseguir cambiar ni un ápice su decisión de dejar la casa.

Francisca terminó de guardar en su bolsa su ropa vulgar, rústica y gastada del uso durante años, sus zapatos de los domingos y sus escasos útiles de aseo antes de despedirse de su madre en un abrazo infinito. Bajó las escaleras acompañada de la melodía triste del llanto de Brígida, cogió el dinero que su padre había dejado en la mesa de la cocina y salió a la calle en dirección a la estación, un apeadero a las afueras del pueblo en el que en días alternos paraba un viejo tren de mercancías con un solo vagón para pasajeros que la llevaría al encuentro de su futuro incierto en una ciudad de mar. En el bolsillo de su cazadora guardaba un papel con la dirección y el número de teléfono de Carmen, una de sus amigas del pueblo residente en la ciudad, a la que llamaría desde la estación, antes de tomar el tren, avisándole de su llegada esa misma noche y disculpándose por la urgencia de esta decisión, cuyos motivos le explicaría cuando se encontraran. Francisca confiaba en que su amiga, tal y como le había prometido en una de sus últimas visitas con ocasión de las fiestas del pueblo, conseguiría para ella un trabajo como empleada de hogar con el que sobrevivir dignamente y poder demostrar a sus padres que su edad no estaba reñida con la madurez.

Brígida la vio alejarse y perderse por la calle iluminada por un sol nuevo, aspirando el olor de la primavera recién estrenada en las ventanas de las casas cuajadas de geranios y alhelíes en los que, curiosamente, no encontró claveles como los que colgaban de la ventana del dormitorio de sus padres, y que con el tiempo se marchitarían por falta de riego porque, desde ese día, Brígida solo tendría cabeza para pensar en su pequeña, aunque el cartero pasaría de largo por su puerta todos los días sin dejarle noticias de Francisca.

El silbato del tren anunciando la llegada a la estación despertó a los vecinos que, perezosos, todavía seguían durmiendo. Brígida, a la que su hija no le había permitido acompañarla, sintió ese silbato perforando su alma mientras desde la ventana del dormitorio vio el tren alejarse del pueblo lanzando suspiros profundos en una despedida que se prolongaría por mucho tiempo, y cubriendo con un velo de humo negro los campos de cereales que ya pintaban con mil tonos de verde el paisaje de Vallehondo.

2

Qué tal, cómo va todo? —preguntó Justino a su hijo cuando llegó al tejar. Su voz entrecortada y sus ojos enrojecidos delataban el dolor que embargaba su alma, algo que Justino intentaba disimular y que su hijo, preocupado ante el aspecto de hombre derrotado que mostraba su padre, se atrevió a preguntar:

—¿Qué te ocurre, padre?

—Nada, hijo. Tu hermana.

—¿Qué pasa con Francisca?, ¿qué le ha ocurrido?

—Algo que ella deseaba hace tiempo que ocurriera.

Carlos, con el corazón en un puño, esperaba que su padre desliara la madeja de sentimientos que le impedían hablar y liberar el dolor que nunca hasta ese momento había sentido.

Justino abrazó a su hijo y derramó sobre su hombro

las pocas lágrimas que le quedaban, mientras entre sollozos que nunca había mostrado ante nadie, le dijo:

—Creo que Francisca nos ha dejado.

—¿Que nos ha dejado?, ¿y adónde ha ido?

—Creo que a una ciudad en donde ser libre, buscar un trabajo y vivir esa vida que aquí, en El Espejuelo, no cree que sea posible encontrar. Tu madre y yo hemos intentado retenerla, pero no hemos tenido ninguna posibilidad de convencerla. Mientras yo venía hacia aquí, creo que ella iba a preparar su equipaje para ir a la estación y tomar el próximo tren que estaba a punto de llegar. Le dejé dinero para un billete de ida y le grité: «¡No vuelvas nunca! ¡Esta casa estará siempre cerrada para ti!». Y no tuvimos ni la ocasión de despedirnos. Cerré la puerta y me vine.

Mientras padre e hijo seguían fundidos en un abrazo triste, llorando juntos por Francisca, el corazón de los dos latía al mismo ritmo acelerado. Una vez calmados, Justino volvió a preguntar a Carlos sobre el trabajo en el que estaba ocupado.

—Ya ves, padre —contestó Carlos mientras barría la era bajo las encinas después de haberla limpiado de hierbas y piedras, y haber allanado las pequeñas torrenteras causadas por las lluvias del invierno.

—Bien —dijo el padre—. Tenemos mucho trabajo por hacer, pero lo primero sería limpiar la maleza del manantial, porque si no tenemos agua no tendremos nada.

—¿El manantial? —preguntó el hijo—. Yo en este sitio no he visto ningún manantial. Veo el yacimiento de donde sacaste la arcilla el año pasado y el horno, que, por cierto, está cubierto de hierba y que nos costará Dios y ayuda adecentar para poderlo utilizar. Pero un manantial, la verdad, no he visto ningún manantial.

—Mira, hijo —dijo Justino señalando un hueco bajo una piedra arenisca a un lado del camino, cubierto de zarzas y a unos cincuenta metros cuesta abajo de la explanada en la que se encontraban.

—¿Ahí abajo? —preguntó Carlos sopesando la dificultad que entrañaría subir el agua desde ese lugar.

—Exactamente, ahí abajo —contestó el padre con una media sonrisa amarga, al no poderse quitar de la cabeza la escena tan dolorosa de la marcha de su hija.

—¿Y cómo traeremos el agua hasta aquí? —preguntó Carlos con un punto de preocupación temiendo la respuesta de su padre.

El burro, entretanto, atado a un olivo cercano a la explanada, trazaba poco a poco un círculo en la hierba fresca que crecía en el espacio que con una cuerda le había limitado Carlos según el consejo de su padre, para, de esa forma, tenerlo a mano en caso de necesitarlo. El padre miró hacia el animal, y Carlos entendió que ese sería su medio de transporte para llevar el agua desde el manantial, la arcilla desde el yacimiento y todo lo que el burro, al que llamaban Careto, fuera capaz de cargar. Incluso al padre, que cansado del trabajo agotador regresaría cada día a El Espejuelo a horcajadas del animal, mientras Carlos, su hijo, le seguiría a pie hasta llegar al pueblo. «Cuando seas padre comerás huevos...»

—Veo que ya sabes cómo subir el agua, pero primero habrá que limpiar de hierbas y de zarzas la entrada hasta el nacimiento, limpiar y restaurar el horno en donde cocer las tejas que fabriquemos, limpiar aquella poza que será donde mezclaremos el agua con la arcilla para hacer el barro con el que fabricarlas y, lo más importante: traer unas cuantas cargas de leña del monte, a ser posible de carrasca o de roble, que son las maderas que producen más calor para la cocción.

—Pero todo eso ¿cómo se hace? —preguntó el joven Carlos con una expresión que denotaba demasiadas dudas.

—Yo te enseñaré —dijo el padre—. Para eso estás aquí, para aprender. Nadie nace enseñado. Así que, venga, manos a la obra. Y mañana procura venir vestido con la ropa de faena, que tal como has venido hoy a trabajar, más parece que vayas a una fiesta que a desbrozar el tejar.

—Sí, padre —contestó Carlos, mientras le observaba vestido con pantalones negros y chaqueta de pana, camisa blanca de rétor, calcetines de algodón tejidos por Brígida al calor del fuego en los días de invierno, botas de goma altas para enfrentarse a las zarzas que lo cubrían todo, un sombrero de paja para protegerse del sol y, al costado, presionado bajo el cinturón del pantalón, un pañuelo de cuadros blancos y rojos colgado al aire para secarse el sudor y evitar tener que meter la mano manchada de barro para buscarlo en el bolsillo.

Al día siguiente, como si de una copia del padre se tratara, Carlos una vez levantado bajó a la cocina para almorzar y, al verlo llegar vestido de faena, su padre le miró con una sonrisa de aprobación: «Eso está mejor».

Y Brígida, su madre, al verlo así vestido, sintió una cierta frustración por ser pobre y no haber tenido la posibilidad de ofrecer otro futuro a su hijo que el de alfarero.

Pero el almuerzo ese día fue muy distinto al de siempre. El silencio flotaba en la penumbra de la cocina y nadie se atrevía a romperlo para hablar de la ausencia de Francisca, sola en esa ciudad a la que iba por primera vez. Una ciudad con mar donde Francisca tal vez se sentiría sola recordando a su familia. En sus caras serias, mientras almorzaban, se adivinaba la tristeza de no tenerla más cerca, aunque, pensaban, pronto tendrían noticias de ella sobre su viaje y si había llegado bien a esa ciudad. Si había sido recibida en la estación por su amiga Carmen y si le ayudaría a instalarse en algún lugar en estos primeros días, hasta que se incorporase al trabajo que le había prometido. Mientras el padre, cabizbajo, sentía el peso de haberle prohibido a su hija volver, la madre rompía el silencio desahogando su pena:

—Tendremos que acostumbrarnos a su ausencia en tanto no recibamos noticias suyas. Quizá no sea tan frágil como pensamos, y sean las dificultades a las que se enfrente las que le obliguen a salir adelante y hacerla fuerte o, en el peor de los casos, a regresar al lugar de donde quizá nunca debió salir.

Una lágrima se adivinó en sus ojos mientras recogía la cocina. Entretanto, Justino, seguido de su hijo, en un silencio lleno de dolor, se preparaba para emprender el camino al tejar.

Hoy, el día sería más largo para los tres. El padre no despegaría los labios durante todo el tiempo que permanecieron trabajando en el tejar. Quizá el sentimiento de culpa le tuvo pensativo, mientras Carlos, su hijo, le miraba tratando de poner calma en su corazón atormentado. Sin embargo, era tarde para arrepentirse. Francisca se había marchado de su casa atravesando una puerta estrecha que su padre le había prohibido volver a cruzar.

3

El viaje en aquel tren había sido largo. Las paradas se fueron sucediendo en cada pueblo por pequeño que fuera, en donde una o dos personas como únicos viajeros cruzaban el andén para subir al tren mientras el empleado de correos recogía la saca con los envíos y se despedía con un golpe rutinario en su gorra de plato, y entonces el silbido del tren avisaba de su partida y el cielo se llenaba de humo negro y olor a carbón hasta llegar al siguiente pueblo, cuya parada era como todas las demás inevitable.

Francisca, pasillo adelante, pasillo atrás, se recuperaba de la huella que en sus jóvenes posaderas iban marcando las tablillas de madera de los asientos, obligándola a cambiar de posición continuamente. A través de las ventanillas, el paisaje y la luz iban cambiando, pasando de la aridez de la tierra escasa de vegetación y un tiempo aún fresco a pesar del comienzo de la primavera, a un paisaje más verde tapizado de viñas y cultivos de almendros en flor en donde el aire, al asomarse a las ventanillas, era más cálido y lleno de aromas a flores silvestres que más tarde darían paso al perfume del azahar procedente de los campos interminables de naranjos cruzados por las vías del ferrocarril. Y un tren lento como él solo a bordo del cual Francisca, para entretener el tiempo de duración de aquel viaje eterno, en una libretilla azul, con olor a leña quemada, de las que había usado en la escuela, fue escribiendo el nombre de la estación en cada parada, en donde el maquinista sin motivo aparente descendía del tren para estirar las piernas fingiendo la revisión de los mecanismos en los bajos del tren y discretamente aprovechaba para orinar, mientras los viajeros se preguntaban si la parada sería debida a una avería, asomando sus cabezas por las ventanillas, aun a riesgo de tiznarse las caras de negro. El resultado de la contabilidad llevada a cabo por Francisca arrojó un saldo de sesenta y cinco paradas, en cada una de las cuales, a medida que se acercaba a su destino, el aroma del mar se iba colando por cada ventanilla, por cada rendija de los vagones de madera hasta inundarlo todo de la brisa cálida y salada del Mediterráneo, por cuya orilla el tren, exhalando sus últimos suspiros, se fue aproximando lentamente a la ciudad hasta que avisó de su presencia con un silbido y un suspiro profundo, mientras los pasajeros se preparaban para descender en el andén buscando con la mirada a los que les esperaban.

La estación era un hervidero de gente que en un ir y venir se cruzaban con ella. Su mirada buscaba en aquel mar de caras desconocidas el único rostro, su única tabla de salvación, portando su bolsa de tela estampada de flores y anillas de madera y su imagen provinciana. Su corazón acelerado sentía la soledad y el abandono sin remedio.

Mientras trataba de calmar su angustia buscando la cara de su amiga entre aquel maremágnum de gente, se sentó en un banco para esperar su llegada. Entonces recordó a su madre llorando al marcharse de casa, y a su padre, cuyo «¡Vete!» se le había quedado clavado en lo más profundo del alma. Recordó a su hermano, del que no tuvo la oportunidad de despedirse. El último recuerdo impreso en su retina fue el adiós de su madre en la puerta de su casa y la llegada de la primavera a la ventana de los claveles rojos.

Mientras bullían en su cabeza los recuerdos, perdió la consciencia del lugar en donde se encontraba hasta que notó que alguien golpeaba bruscamente su hombro gritando su nombre con el mismo tono incontrolado usado en el pueblo.

—¡Francisca! —dijo a voz en grito alguien a quien reconoció de inmediato, a la vez que la abrazaba y le preguntaba cómo había hecho el viaje, cómo estaba su familia y cómo estaba el pueblo, si hacía frío o calor, o si seguía tan aburrido como siempre, y sobre todo a qué se debía semejante urgencia para improvisar ese viaje.

Francisca abrazó a su amiga como si se le hubiera aparecido la Virgen, aunque de eso no parece que pudiera presumir, a juzgar por su apariencia en la forma de vestir, apretada hasta impedirle la respiración, en contraste con la recién llegada, cuyo aspecto podría compararse con la Cenicienta del cuento pero sin un príncipe que la rescatara de su destino, al menos por el momento. Sin embargo, Francisca era una belleza salvaje. Con un cuerpo que ni el mejor escultor habría podido modelar más perfecto. Sus labios eran una llamada al beso, y sus ojos, grandes y negros, intimidaban a cualquiera con su mirada.

—Hola, Carmen, por fin te encuentro, aunque en realidad has sido tú la que me has encontrado a mí. Por un momento pensé que no vendrías a buscarme. Es lo que tiene el no haber salido nunca del pueblo, pero en fin, después de los nervios, después de verte me quedo tranquila. ¿Cómo estás? —preguntó Francisca a su amiga, a pesar de que su aspecto a todas luces era espléndido, y su desenvoltura la de alguien acostumbrado al ritmo y la forma de vida de la ciudad.

—Pues ya lo ves —contestó Carmen dándose una vuelta frente a Francisca para reafirmarse en su aspecto—. No me está tratando nada mal la vida.

—Ya lo veo, ya —añadió Francisca con un atisbo de complejo de inferioridad ante su amiga, que sonreía y sonreía, y volvía a abrazarla buscando las palabras para mostrarle una y otra vez su felicidad al verla de nuevo—. Bueno, pues ya estoy aquí —dijo Francisca como esperando sin demora una respuesta de Carmen sobre el plan inmediato a seguir a partir de ese preciso momento.

—¿Recogemos tu equipaje? —preguntó Carmen, aunque suponiendo lo que era obvio cuando vio la bolsa de tela hinchada como un globo, único bulto del que en ningún momento se separaba Francisca mientras duró su breve conversación.

—Este es mi equipaje —contestó tímidamente Francisca—. Fue demasiado precipitada mi decisión de marcharme de casa y metí en esta bolsa lo que tenía más a mano —dijo justificándose—. Ya tendré tiempo de comprarme algo aquí, algo más moderno, así como lo que vistes tú.

Pero, impaciente por saber cuál sería su destino más inmediato, Francisca volvió a preguntar a su amiga:

—¿Adónde vamos?

—Es una sorpresa, pero estoy segura de que te puede encantar.

—¿A la casa en donde tú trabajas? —preguntó Francisca, inquieta—. Creí que estaríamos juntas en la misma casa.

—No, Francisca —contestó Carmen—. Aunque debo decirte que se lo planteé a mis señores, y parece que los negocios últimamente no les van muy bien y prefieren no contratar a nadie más, al menos por el momento.

Cuando tomaban el autobús que las llevaría a ese sitio misterioso, ante el gesto inquieto de Francisca, su amiga decidió adelantarle algo sobre el lugar que a partir de esa misma noche sería su trabajo.

—¿Te gusta el mar? —le preguntó Carmen a Francisca mientras el autobús arrancaba de su parada dejando atrás la estación del ferrocarril y se adentraba en la ciudad, cubierta de un cielo rojizo de atardecer al tiempo que se encendían tímidamente las luces de las farolas.

—Sí —contestó Francisca—. Antes de llegar a la estación el tren pasó muy cerca de la orilla. Nunca he visto nada más hermoso. Era azul y rizado, y el aire que entraba por las ventanillas nos rociaba la cara de agua salada y olía a algo diferente a los olores del campo, un olor que yo nunca había percibido. Y el agua se estrellaba en la orilla haciendo un ruido que, la verdad, me dio miedo, era como un monstruo que quisiera tragarse al tren emergiendo del fondo, vestido con un disfraz de espuma blanca.

—Qué cosas dices, Francisca —comentó Carmen con la expresión de un niño escuchando un cuento de piratas—. Llevo en esta ciudad más de cinco años, y el mar nunca me ha sugerido esas imágenes tan poéticas que se te ocurren a ti.

—Porque estás acostumbrada a verlo todos los días —contestó Francisca—. Pero yo…

El autobús cruzó la ciudad. Y mientras bordeaba la playa, en donde los jóvenes con su torso desnudo jugaban el último partido de pelota, el sol, como queriendo apagar su fuego en la superficie del mar, se fue escondiendo en el horizonte justo cuando el autobús llegaba a su destino, un destino en donde Francisca se quedaría por tiempo indefinido y aprendería a caminar sola en la dirección que le mostrase la vida, y lejos de los suyos, para los que al llegar tuvo su primer recuerdo. A través de la ventanilla, y antes de descender del autobús, miró de nuevo el mar frente a ella, que como una acuarela impresionista, pintada por una mano maestra en la última luz de la tarde, reflejaba en un horizonte de agua los colores rosados, grises y anaranjados del Mediterráneo.

«Nunca había visto nada tan hermoso —pensó—. Si ellos estuvieran aquí…»

Carmen la despertó de su contemplación y pensó que, después de tantas horas de viaje, sentiría el cansancio.

—¿Ya hemos llegado? —dijo Francisca—. ¿Y qué lugar es este? —preguntó mientras las dos descendían del autobús.

—Estamos en el puerto —contestó Carmen—. ¿No oyes las sirenas de los barcos? ¿No los ves llenos de mercancías? ¿O a aquella gente, que desde la cubierta dicen adiós a los familiares que se quedan aquí y los despiden desde el muelle?

—¿Sirenas? —añadió dudosa Francisca—. ¿Dónde hay sirenas?

—¡Ay, Francisca! Cómo se nota que vienes del pueblo —le dijo Carmen deseando dejar a su amiga en el sitio que sería su lugar de trabajo a partir del día siguiente.

El olor y la humedad del mar lo invadían todo. Los barcos, amarrados a los noráis del muelle, permanecían con algunas luces encendidas esperando las órdenes del patrón para zarpar en la madrugada del día siguiente, y los pequeños barcos de pesca a esa última hora de la tarde salían a faenar sembrando la bahía con sus luces de situación como una lluvia de pequeñas estrellas sobre el agua.

Las dos amigas cruzaron una amplia zona de aparcamiento semivacía, iluminada con farolas que proyectando una luz amarillenta daban al lugar un cierto aire de soledad, en un silencio solo roto por las risas de unos marineros recién desembarcados de uno de los buques de carga amarrado en el muelle, que se dirigían al mismo lugar que ellas, así como algunas parejas que dejaban sus coches en el aparcamiento y se dirigían al mismo sitio.

—Aquí es —dijo Carmen mostrándole a Francisca la parte exterior del edificio, una construcción de arquitectura pretenciosamente moderna, en hormigón blanco, con forma rectangular en dos alturas, en cuya planta baja y con grandes ventanales al puerto había un restaurante ocupado en su casi totalidad por clientes de todo tipo, aunque sobre todo hombres de mar, empleados de los muelles para el amarre, la estiba, o para el cuidado de las mercancías en los almacenes, o marineros de paso por la ciudad. Y a través de los cristales se podían ver camareros atendiendo las mesas del restaurante, con la agilidad de quien domina el oficio desde hace años—. Vamos, entra —dijo Carmen a Francisca—. Te presentaré al dueño del hotel. Es un hombre muy simpático y seguro que te va a gustar.

Francisca, como quien entra en un mundo extraño, accedió al restaurante acompañada de su amiga, y su aspecto denotaba el cansancio de un largo viaje. A pesar de que el lugar estaba apartado del centro de la ciudad, poseía el atractivo de la cercanía del mar, estaba lleno de gente, y el ambiente era festivo en contraste con la soledad que Francisca sentía al encontrarse tan lejos de su casa.

—Mira, ahí viene Javier —dijo Carmen al ver que un hombre, elegantemente vestido, de unos cincuenta años y moreno, se acercaba sonriendo a recibirlas.

—Bienvenidas —saludó Javier besando a Carmen—. Y tú debes ser Francisca. Es un placer conocerte después de todo lo que Carmen me ha contado de ti. Aunque no me había advertido de lo hermosa que eres.

—Gracias —dijo Francisca ruborizándose como una amapola, y le tendió la mano para saludarlo; un gesto que Javier ignoró dándole un beso en la mejilla.

Era el primer beso que le daba un hombre. En ese momento recordó el que un día le dio en la escuela, siendo niños, un compañero de pupitre, aunque este había sido diferente.

El acondicionamiento acústico de aquel lugar dejaba mucho que desear, y el murmullo de la gente, el ruido de los platos y el corretear de los niños entre las mesas hacía difícil la conversación.

—Aquí no hay quien se entienda —dijo Javier—. Será mejor subir a mi despacho, y mientras tomamos algo mandaré preparar tu habitación. Mañana, con tiempo, hablaremos de todo. Hoy estarás cansada del viaje.

—Yo por mi parte te lo agradezco —dijo Carmen—, pero debo irme ya. Los señores de la casa en donde trabajo no soportan la más mínima impuntualidad, y se me está haciendo tarde para preparar la cena. Mañana nos veremos, y gracias por el ofrecimiento. Cuídamela. Y tú descansa —dirigiéndose a Francisca—, que mañana el trabajo será duro.

Y tras despedirse salió del hotel hacia la parada del autobús.

—Hasta mañana —contestaron los dos y, ante la insistencia de Javier, subieron a su despacho.

Él ayudó a Francisca con su bolsa, y ella sintió algo especial a todo lo que había sentido hasta entonces, viendo cómo Javier la tomaba por la cintura, invitándola a entrar en el ascensor con una sonrisa amable.

Mientras preparaban su habitación, un botones, al que Javier había hecho llamar, les sirvió en el despacho un zumo de naranja para ella y un whisky para él, y el jefe le explicó brevemente en qué consistiría su trabajo a la vez que ella, sin poder evitarlo, daba muestras de un sueño que reclamaba con urgencia una cama en donde descansar.

Alguien llamó con los nudillos a la puerta del despacho.

—Don Javier, la habitación de la señorita está preparada.

—Gracias —contestó él mientras Francisca, como movida por un resorte, se levantaba de la silla y el empleado se disponía a acompañarla a su habitación—. No se preocupe. Lleve usted el equipaje a la habitación y yo acompañaré a la señorita.

El botones, con una sonrisa maliciosa apenas perceptible, tomó la bolsa de Francisca y se perdió por el pasillo camino de la habitación en la última planta del edificio, una zona reservada al personal de servicio del hotel.

—Ha sido un placer conocerte —dijo Javier después de acompañarla en el ascensor hasta su dormitorio.

Ella, vencida por el cansancio, le dio las gracias antes de cerrar la puerta de la habitación y caer rendida sobre la cama.

Al día siguiente de la llegada, Francisca se despertó temprano. Miró por la ventana sin ser consciente del lugar en donde se encontraba y vio que amanecía. De pronto vio el mar, y en el horizonte, un sol naranja que iba iluminando la superficie del agua con sus primeros rayos. Una gaviota planeaba sobre la superficie del agua en un vuelo rasante y se elevaba con un pescado dorado en el pico. El espectáculo que se ofrecía ante ella nunca lo habría soñado. Poco a poco el sol fue iluminando el puerto. Los barcos, amarrados en el muelle, se mecían suavemente con la primera brisa, y los marineros se movían de un lado para otro en la cubierta realizando su trabajo, mientras en la bocana del puerto otros barcos de carga esperaban el permiso para atracar y descargar la mercancía que la noche del mar les había regalado.

Francisca, asomada a la ventana de su habitación, contemplaba aquella escena marinera a la que no estaba acostumbrada y que nunca podría haber imaginado desde El Espejuelo, el pueblo en donde se crio tierra adentro, en donde no existían los barcos, excepto un barco de plástico que una noche de Reyes sus padres habían puesto a su hermano en la ventana de los claveles rojos junto a una muñeca de trapo con pelo de cáñamo, que le habían dejado a ella. Tampoco las gaviotas habían cruzado el cielo de su pueblo, solo las cigüeñas, que cada año volvían a su nido en el campanario de la iglesia.

Desde la ventana de su habitación, en el último piso del hotel del puerto, vio la ciudad desde donde llegaba el sonido sordo del tráfico, y un cielo gris contaminado por el humo de las fábricas sin que nadie intentara evitarlo, que le hizo recordar el cielo limpio de su pueblo, impoluto y transparente, cruzado por las golondrinas y los vencejos en una persecución de los insectos con los que alimentarse, así como la luna llena y las noches estrelladas en las que siendo niña descubría la Osa Mayor, la Osa Menor y el camino polvoriento de estrellas que había esparcido por el cielo en su galope veloz el caballo blanco de Santiago, una imagen que desde niña se encargaron de grabar en su memoria los abuelos, al contemplar en el cielo la Vía Láctea en las noches claras del verano. Poco a poco, casi sin darse cuenta, el puerto se convirtió en un ir y venir de gente, a pesar de ser las siete de la mañana, que entraba en la cafetería del hotel para desayunar. Pensó que ya era hora de vestirse y presentarse a Javier, que le informaría sobre cuál sería su trabajo a partir de ese momento. El sol inundó de luz hasta el último rincón de su habitación y una brisa salada, procedente del mar, movió suavemente las cortinas de la ventana acariciando su cuerpo semidesnudo.

Abrió la bolsa con su equipaje sobre la cama. Un pequeño neceser con sus cosas de aseo: un peine, un cepillo para desenredarse el pelo, una cajita con polvos para la cara, unas tijeras pequeñas y una barra de labios roja.

Volvió a mirar por la ventana como para retener en su mente aquella imagen y entró en el baño. Un espejo ocupaba parte de la pared de aquel espacio. Francisca se despojó de su camisón de dormir para entrar en la ducha y, por primera vez, vio en todo su esplendor su cuerpo desnudo frente a aquel espejo de unas dimensiones que, inevitablemente, comparó con el pequeño espejo de la casa de sus padres, colgado de un clavo en la pared del dormitorio sobre la palangana, junto a la ventana de los claveles rojos, en donde nunca consiguió verse más allá del rostro, flotando en un cristal lleno de heridas producidas por el paso del tiempo.

Era la primera vez que Francisca sentía la caricia del agua caer sobre ella con fuerza desde la ducha instalada en el techo, mientras, frente a aquel espejo, se regalaba sus propias caricias. Y aunque no le resultó fácil manejar los grifos del agua, que en ocasiones salía demasiado caliente y al girar el grifo salía demasiado fría, finalmente encontró el término medio en la temperatura del agua. Y es que, en su pueblo, la gente más humilde no conocía la ducha, ni el baño, exceptuando el baño en el río cuando alguna vez, y evitando mostrarse desnuda, bajaba a pescar con su padre y su hermano Carlos. Aquel era uno de los recuerdos más hermosos que guardaba de su infancia en El Espejuelo.

El graznido de las gaviotas se escuchó cerca de la ventana mientras terminaba de asearse, secarse el pelo y dar un poco de color a sus mejillas, un tono rojo de carmín a sus labios y una sombra sutil a sus ojos negros. Después, se vistió con una de las dos faldas negras que había metido en su bolsa cuando salió de la casa de sus padres, mil veces usada pero limpia, y una blusa de muselina que solo había usado el día de la fiesta de El Espejuelo y en los acontecimientos especiales, a los que asistía muy de tarde en tarde, y que dejaba adivinar sutilmente la piel morena de sus senos. Una vez arreglada se miró en el espejo, y una vez más recordó a su madre.

«¡Cómo le gustaría a mi madre verme tan guapa!», pensó.

Mientras se miraba por delante y por detrás, se regalaba una sonrisa en el espejo y ensayaba una mirada amable (una norma elemental para un trabajo que sería de cara al público), alguien llamó a la puerta de su habitación adelantándose al horario previsto la noche anterior.

Era Javier, el dueño del hotel, que al verla, impresionado por su belleza, acertó a preguntarle:

—Buenos días, Francisca. ¿Descansaste bien?

—Buenos días. Sí, señor, descansé muy bien. Aunque uno extraña el lugar cuando es la primera vez que sale de casa, y para mí esta ha sido la primera vez de muchas cosas. La primera vez que viajo en tren, la primera vez que veo el mar y los barcos y las gaviotas, la primera vez que duermo en la habitación de un hotel en donde todo es nuevo para mí. En realidad, esta es la primera vez que salgo de mi pueblo.

—Así que ¿esta es tu primera vez para casi todo? —preguntó Javier, con la picardía de quien, al contrario que Francisca, le quedaba ya poco por conocer y, hacía tanto tiempo, que ya había olvidado su primera vez.

—Sí —respondió ingenuamente Francisca—. En el pueblo no hay mucho que ver. La gente se fue marchando a la capital y solo quedan unos cuantos viejos y pocos jóvenes con los que hablar. Pero pase, pase, don Javier —dijo Francisca abriendo la puerta de la habitación de par en par, como para dar paso a la persona más importante del hotel.

—Gracias —contestó él—. Pero, por favor, no hace falta que seas tan respetuosa conmigo. Ya te dije anoche que pasaremos mucho tiempo trabajando juntos y que simplemente me llamo Javier. Así que puedes tutearme.

—Espero acostumbrarme —dijo tímidamente Francisca evitando la mirada de Javier, que trataba de bucear en el interior de su blusa de muselina.

—Te acostumbrarás pronto, ya lo verás —dijo él.

—¿Quiere sentarse? —le invitó Francisca.

—Solo el tiempo justo para explicarte cuál será tu trabajo en el hotel, y bajo las órdenes de quién estarás —contestó él mientras buscaba una silla en donde sentarse.

Bajo la ventana, desde donde contemplar el muelle y al fondo el mar, y junto a una mesa con algunos sobres, unas cuartillas blancas y un bolígrafo con el nombre del hotel grabado, se encontraba la única silla que Francisca ofreció a Javier, y ella prefirió permanecer de pie para no arrugarse la falda.

—Bueno, básicamente y para ser breve, tú serás la encargada de la limpieza de algunas habitaciones de esta planta junto a otras chicas que la gobernanta te irá presentando. Tu jornada de trabajo será de ocho horas, y una vez cumplidas podrás salir del hotel o retirarte a tu habitación, que será esta misma que ocupas ahora, en donde en tu tiempo libre podrás recibir visitas a cualquier hora del día (este hotel es un lugar serio). Solo algunas veces, ya que estamos en un puerto de mar y muchos de nuestros clientes son marineros, estos, en ocasiones, se ponen un poco pesados con las chicas de servicio, sobre todo si desembarcan después de una temporada larga en el mar. Pero, en general, suelen ser respetuosos con ellas, y si solicitan su compañía en su tiempo libre, su trabajo suele estar muy bien remunerado.

—¿Qué significa eso de «trabajo de compañía»? —preguntó Francisca, que no entendía nada pero intuía algo que le sonaba extraño.

El dueño del hotel sonrió y prefirió aplazar la respuesta para otra ocasión.

—Tendremos mucho tiempo para hablar de todo —dijo—. De momento, hoy te pondrás a las órdenes de la gobernanta y ella te indicará cuál, a partir de hoy, será tu trabajo.

—Así lo haré —contestó Francisca mientras él se despedía con un beso en la mejilla, algo que a ella le hizo ruborizarse como una colegiala, pues nunca hasta ahora la había besado ningún hombre, y esa era una de las cosas a las que se refería cuando habló con Javier sobre su primera vez.

En su pueblo, solo se besaban públicamente los enamorados y los miembros de las familias. Pensó en el comentario del dueño del hotel sobre las visitas de hombres en las habitaciones de las empleadas, y pensó por un instante en la llegada de los marineros al hotel después de muchos meses sin estar con una mujer, y en la naturalidad con la que Javier le insinuaba lo de ser amable con ellos a cambio de una gratificación generosa mientras que, durante su conversación con ella, no paraba de mirar a través de la transparencia de su blusa tratando de adivinar lo que latía en su interior.

Pero quizá la imaginación de Francisca estaba yendo demasiado lejos sin motivo alguno. A fin de cuentas,

Javier era un hombre casado y padre de dos hijos ado-lescentes, lo que no impedía que al verla llegar al hotel la encontrara demasiado hermosa como para resultarle indiferente.

Francisca salió de su habitación y recorrió el pasillo sorteando en las puertas de las habitaciones las bandejas con restos de los desayunos de los clientes más madru-gadores, que ya habían dejado la habitación para ir a su trabajo, y algunos carros de las empleadas de la limpieza con la ropa sucia de las camas y las toallas de los baños para cambiar por ropa limpia, que pasaban como autó-matas la aspiradora a las habitaciones para que, a su re-greso, el cliente encontrara todo en su lugar y en per-fectas condiciones de uso. Llegó al final del pasillo, a un cuarto en el que, como si se tratara de un hormiguero, las chicas entraban y salían con la prisa de quien es re-clamado para apagar un fuego, entre un olor a deter-gente, a jabón y al vapor de las planchas, que sin pausa tragaban ropa arrugada y vomitaban ropa de la que mi-lagrosamente desaparecían las arrugas. En ese cuarto atascado de lavadoras, secadoras, lavavajillas y todo tipo de útiles necesarios para cubrir las necesidades de un hotel, y en una mesa al fondo, apenas visible, revisando

algunos papeles a la par que dando órdenes a las empleadas con una autoridad propia de un militar, estaba ella,
la gobernanta.

—Hola —dijo Francisca después de atravesar aquel
laberinto, vestida como para ir al teatro, en contraste
con las chicas que vestían, calzaban y sonreían de la
misma manera; incluso a Francisca le parecían todas be-
llas, como elegidas para un concurso de belleza, lo que
le sorprendió ya que, a fin de cuentas, su trabajo como
empleadas de la limpieza en un hotel del puerto no parecía tener nada que ver con su apariencia.

—Hola —saludó la gobernanta—. ¿Qué deseas?
Como ves, estoy muy ocupada.

—Sí, ya lo veo, pero no quiero molestarla. Javier me
ha enviado aquí, soy una de las chicas que se incorpora
hoy a trabajar en esta planta.

—Veo que tienes mucha confianza con él —dijo la
gobernanta—. ¿Le conoces desde hace tiempo?

—No —contestó tímidamente Francisca—. Lo que
ocurre es que una amiga mía que sí lo conoce bien me
lo presentó. Me exigió tutearle, aunque me cuesta hacerlo ya que no le conozco de nada.

—¿Y cómo dices que se llama tu amiga, la que te

presentó a don Javier? —preguntó con cierta ironía la gobernanta.

—Se llama Carmen —contestó Francisca.

—Y ¿sabes de qué se conocen? —preguntó.

—No lo sé —respondió Francisca—. Solo sé que me dijo que lo conocía desde hacía tiempo y que si ella se lo pedía, él me ayudaría en relación con mi trabajo. Y aquí estoy.

—Ya, ya veo —contestó la gobernanta—. Espérame un momento que termine de ordenar estos papeles y te digo en qué consistirá tu trabajo. Pero antes entra en ese cuarto —señalando una puerta entreabierta frente a ella— y pide el uniforme que deberás usar en el trabajo, y después te presentaré a una de las compañeras que te explicará todo lo que necesitarás saber.

Francisca, perdida entre aquel regimiento de chicas portando bandejas, toallas y sábanas, aspiradoras y carros cargados con todo tipo de material de limpieza camino de las habitaciones, llegó a la puerta que le había indicado la gobernanta. Una vez recogido su uniforme, se puso a sus órdenes, fue a vestirse a su habitación y esa misma mañana empezó su trabajo junto a una de las empleadas que le enseñaría en cada momento cómo hacer cada cosa.

Esa noche, Francisca tardó en conciliar el sueño mientras aspiraba un perfume nuevo. El perfume que Javier había dejado cuando se marchó de su habitación.

En pocos días, Francisca aprendió a manejarse como si hubiera hecho siempre ese trabajo. El tiempo pasaba rápido. Los días libres salía con su amiga Carmen, que le mostraba los encantos de la ciudad, la manera de divertirse y los lugares que ella habitualmente frecuentaba, mientras su pueblo, El Espejuelo, se le iba quedando cada vez más lejos, y el «no vuelvas nunca más a esta casa» pronunciado por su padre, cada vez más presente en su recuerdo, lo que frenaba en ella la idea de escribir o hacer una llamada de teléfono a su familia, como una forma de venganza, sin ser consciente del dolor que su actitud provocaba en todos ellos, que, cada día, esperaban la visita del cartero pero siempre pasaba de largo por su puerta.

4

Habían pasado casi dos meses sin saber nada de su hija. Demasiadas preguntas sin respuesta sobre qué tal habría hecho el viaje, qué sería de ella en una ciudad extraña a la que iba por primera vez, si ese trabajo que su amiga Carmen le había prometido sería cierto o si se trataría de una trampa para introducirla en algún círculo de gente no recomendable. Era demasiado joven, vulnerable, sin una personalidad suficientemente madura para decidir qué hacer o qué no hacer.

Cada vez que Brígida, su madre, escuchaba el pitido del tren, salía de su casa corriendo a su encuentro hasta la estación esperando verla descender la escalerilla del único vagón de aquel tren en el que se había ido.

Cansada de esperar alguna noticia de Francisca, un día decidió visitar a Ruperta Calero, la madre de Carmen, por si tenía alguna noticia sobre ella, pero la mujer siempre le daba la misma respuesta:

—No sabemos nada de ella, pero estará bien. Ya es mayorcita para tener que dar explicaciones a sus padres de lo que hace o deja de hacer.

—Pero Francisca no es tan «mayorcita» como tu hija —contestó Brígida—. Y aunque confío en que cuidará de ella, he venido a preguntarte por si habías recibido alguna carta reciente. Ten en cuenta que nosotros en casa no estamos acostumbrados a estas separaciones, es la primera vez que lo hacemos, y la verdad, estamos muy preocupados por ella. Si al menos escribiera unas letras diciendo cómo se encuentra, nos bastaría. Ni siquiera nos llamó para decirnos si había llegado bien.

—Si su padre no se hubiera despedido de ella como lo hizo… —dijo la madre de Carmen, sabiendo de lo que hablaba.

—¿Y cómo se despidió? —preguntó ofendida Brígida.

—Tú sabes bien cómo fue —contestó la mujer—. Si Justino, tu marido, no la hubiera despedido con cajas destempladas, prohibiéndole volver a pisar la casa y dándole el dinero solo para el viaje de ida en aquel tren, seguro que la chiquilla al menos os habría comunicado la llegada, pero en esa situación, la única persona a la que le cuenta sus cosas es...

—¿A quién? —la increpó Brígida—. Con quién puede tener mi hija más confianza que con su madre para buscar ayuda ante cualquier problema...

—Pues ya lo ves. Con Carmen, mi hija. A fin de cuentas, ella es la que le ha buscado el trabajo, la ha acompañado y le ha presentado al dueño, y por cierto, ha sido muy bien recibida por él.

—¿Y qué lugar es ese en el que va a trabajar mi hija? —preguntó Brígida fuera de sí.

—Lo siento —dijo la mujer—. Pero por orden de Francisca, mi hija Carmen no está autorizada para contaros nada, y mucho menos yo, que me ha costado lo mío sonsacarle estas cosas que, sin deber, te estoy contando a ti. Aunque entiendo tu preocupación. Yo, en tu lugar, también lo estaría.

—¿Por qué de ocupar mi lugar tú estarías preocupada?

—Lo siento, Brígida —dijo la mujer—. Creo que estoy hablando demasiado y tengo muchas cosas que hacer.

La mujer acompañó a Brígida, casi obligándola, hasta la puerta de la calle, sin darle más solución que la de esperar que un día Francisca, compadecida del sufrimiento de sus padres y su hermano, escribiera al menos una línea diciendo: «Estoy bien».

Brígida volvió a su casa más preocupada de lo que se había ido, pensando en lo que le había dicho la madre de Carmen, y qué había insinuado con algunas de sus palabras que ahora le quitarían el sueño. Pensó en volver a la casa de Ruperta y pedirle la dirección de Carmen. Ella le escribiría una carta, y por su respuesta sería la única forma de saber algo de Francisca. Así que volvió de nuevo a casa de Ruperta Calero solicitándole por favor la dirección de su hija.

—Lo siento, Brígida, mi hija me tiene prohibido dar a nadie su dirección —dijo Ruperta—. Lo que sí puedo intentar hacer es sonsacarle a ella qué tipo de empleo tiene tu hija, y cómo se encuentra, si está feliz o si piensa en algún momento escribir a sus padres, o si hay algún motivo por el que su familia debería estar preocupada. En fin, todo lo que yo pueda saber a través de Carmen sobre Francisca, te lo puedo contar en secreto y de esta manera ahorrarte tanta preocupación.

Antes de que Brígida le diera las gracias alguien llamó a la puerta:

—¡Ruperta Calero! —gritó desde la calle la voz de Rufino, el cartero del pueblo—. Carta de tu hija Carmen.

La cara de Brígida cambió de expresión mientras Ruperta tomaba la carta, y sin hacer ningún comentario se la guardó en el bolsillo del delantal evitando que Brígida descubriera el remite.

—¿Es de tu hija esa carta? —preguntó Brígida, ansiosa por compartir alguna línea en la que encontrar escrito el nombre de Francisca—. Tienes suerte al recibir noticias de tu hija —dijo, sin atreverse a preguntar a Ruperta por el contenido de esa carta.

Tal vez, quizá después de esa estrategia que le había propuesto Ruperta, era probable que le empezara a filtrar alguna noticia sobre Francisca. Algo que ella esperaba con verdadera ansiedad, aunque todavía no era el momento, ya que la carta permanecía guardada en el bolsillo del delantal de Ruperta y esta no parecía tener la intención de leerla en presencia de Brígida, a la que se dispuso a despedir.

—Tengo que dejarte, Brígida —le dijo—. Si en esta

carta Carmen cuenta algo concerniente a tu hija, yo te lo diré, pero esto será un secreto entre las dos. ¿De acuerdo?

—De acuerdo —contestó Brígida, dirigiendo a Ruperta una sonrisa forzada mientras regresaba a su casa de nuevo rota de tristeza.

5

Después de restaurar la era, allanarla con un rulo de piedra para dejarla lisa, limpiar la poza excavada en la tierra en un rincón bajo la sombra de las encinas, en donde amasar el barro pisándolo con los pies desnudos por Justino y su hijo, restaurar el horno en el que cocer una vez fabricadas las tejas, limpiar el acceso al manantial del que deberían surtirse del agua para amasar el barro, y rozar luego la maleza que en todo el año se había cubierto de zarzas y aliagas, que ya secas y almacenadas serían usadas para prender el fuego una vez cargado el horno, lo que les había ocupado casi dos semanas de trabajo, era el momento de extraer la arcilla del yacimiento situado a pocos metros del horno, que Justino, valiéndose de un pico, arrancaba de la tierra y que en una carretilla era transportada por Carlos a la poza en donde hacer el barro.

El agua era transportada por Careto, aparejado con unas aguaderas y cuatro cántaros de cerámica fabricados por unos ceramistas de un pueblo cercano. Este era también trabajo de Carlos. Una vez llena la poza de arcilla mezclada con el agua, era el momento del «baile». Como si se tratara de pisar uvas en el lagar para hacer vino. Y así Justino y su hijo, descalzos, y con un calzón corto, pasaban el día bailando sobre el barro hasta hacer compacta y homogénea la masa.

Después de unas cuantas horas de pisar el barro, a veces Carlos protestaba. Aquel trabajo le parecía demasiado duro.

—Padre, yo creo que el barro ya está bien mezclado.

—Todavía tiene grumos —dijo su padre—. Y si no es bien homogénea la masa, al cocer las tejas en el horno, basta con que tengan algún poro con aire para que se rompan al alcanzar cierta temperatura. Descansa un poco ahí a la sombra de las encinas que yo seguiré bailando un rato más.

Mientras Carlos descansaba a la sombra, la contemplación de su padre bailando sobre el barro sin descanso despertaba en él una profunda admiración. Y pensó que él no serviría para ese trabajo, aunque su padre se empeñara en enseñarle el oficio. Entonces recordó a su hermana y se dijo que un día, como hizo ella, él también se iría del pueblo en busca de algo mejor que lo que le ofrecía su padre, aun sabiendo que eso era lo mejor que podía esperar de él. Mientras se quitaba el sombrero para secarse el sudor, Carlos miró al cielo. El sol estaba situado en su punto más alto, y una bandada de grullas en perfecta formación, en cuya punta de flecha iba situada la que marcaba el rumbo, llegaba del frío para instalarse en aquellas tierras durante la primavera y el verano, para desandar de nuevo el camino al llegar el otoño. También en esa época el tejar de Justino dejaría de funcionar, eran las grullas las que marcaban su calendario de trabajo. Pero para eso quedaba todavía mucho tiempo.

Una vez terminado de pisar el barro, y tras dejarlo tres días para que la masa adquiriera la consistencia necesaria para ser manipulada, era el momento de empezar con la fabricación de las tejas. El instrumental para dicha labor era elemental, y consistía en una mesa de madera colocada a la sombra de las encinas para hacer más llevadero el trabajo en días de calor, en donde alisar con un rodillo de madera la pella de barro al espesor deseado, un molde de madera curvo sobre el que poner el barro ya plano a modo de tableta, que cortado a la medida del molde formaría la teja y sería colocada cruda en la era de secado sobre el suelo, alisándola con la mano y humedeciéndola con cuidado para que se secara de manera uniforme. Al día siguiente, las tejas, una vez en estado de cuero, se ponían de pie, apoyadas las unas en las otras para facilitar el secado. Después, una vez secas, eran colocadas en el horno excavado en el suelo y se cubrían de tierra. El horno se alimentaba con leña de roble o encina traída del monte y prendida con las aliagas y zarzas que previamente habían sido recogidas y almacenadas.

Justino fue explicando a su hijo, paso por paso, el método para la fabricación de las tejas, lo que no entrañó para Carlos gran dificultad, y en pocos días su habilidad en la fabricación casi igualaba a la de su padre, a pesar de que hasta ahora el chico había ocupado el tiempo en olvidar lo poco que aprendió un día en la escuela, dedicado a jugar con los demás chicos en la plaza del pueblo durante todo el tiempo, mientras llegaba el momento de decidir qué hacer con su vida, un destino que marcaría su padre al iniciarlo en el oficio de alfarero y trabajando con él en el tejar tal como indicaba la tradición: padre labrador, hijo labrador; padre herrero, hijo herrero; padre pastor, hijo pastor; padre alfarero, hijo alfarero. Un oficio en el que Carlos descubrió el placer del contacto con la arcilla.

Después de un tiempo trabajando intensamente en el tejar, Justino y su hijo habían conseguido una media importante en la producción de tejas que los vecinos del pueblo, en un turno riguroso, iban adquiriendo con el fin de reparar sus tejados, pues la última granizada asoló el pueblo en el pasado invierno.

Durante la primavera y el verano, la producción fue suficiente para llevar a cabo la reparación de todos los tejados del pueblo y almacenar una cantidad suficiente de tejas como para ir abasteciendo según las necesidades del pueblo y de los pueblos vecinos, a los que las nuevas normas impuestas por el Estado para el cuidado de la estética del medio rural, exigían la utilización de tejas de barro árabes hechas a mano, intentando la recuperación de las formas y los materiales de construcción originales utilizados en esa comarca, y descartando otros materiales utilizados, que si bien resultaban más prácticos y más económicos para sustituir a las tejas, afeaban la imagen de los tejados.

Carlos, en su primera experiencia en el trabajo del barro, descubrió el placer que suponía para él el contacto con la tierra, el agua y el fuego, utilizando estos elementos en algo tan antiguo y tan simple como la fabricación de tejas, así como el beneficio económico que aquel oficio podría proporcionarle, ya que, a partir de entonces, por ley, los tejados de toda la comarca estarían sometidos a la nueva normativa sobre la estética en el acondicionamiento urbano de los pueblos, lo que incluía el uso de las tejas fabricadas de forma artesanal, tomando como referencia los tejados de las casas más antiguas del pueblo, y los apriscos antiguos diseminados por el campo, usados para proteger al ganado del frío del invierno.

La escasez de este material era tan grande como la ausencia de artesanos para fabricarlo, hasta el punto de que para conseguir las tejas antiguas, tal como exigían las nuevas leyes para las zonas rurales, algunos oportunistas fueron desmontando poco a poco los tejados de los apriscos del ganado, algunos casi abandonados, para venderlas, sustituyendo las antiguas tejas de barro por planchas de uralita o de hojalata, y que no cumplían la misión de aislar y proteger de los elementos al ganado.

Fue entonces cuando Carlos decidió que en adelante el trabajo de alfarero sería su fuente de ingresos. Al contarle a su padre la decisión de dedicarse a fabricar tejas, a Justino se le dibujó un rictus de emoción en el rostro viendo que su hijo seguiría el camino marcado por él, y lo abrazó.

—Has elegido el oficio más digno que un hombre puede realizar —le dijo su padre.

—¿Por qué es el oficio más digno? —preguntó Carlos—. Solo sé que a mí me gusta el contacto con el barro.

—¿Sabes quién fue el primer alfarero? —preguntó Justino a su hijo.

—No, padre. ¿Quién fue?

—Una vez —dijo Justino—, ojeando un libro de los que tu madre lleva a la iglesia, leí que un día el Creador, o sea Dios, tomó una pella de barro entre sus manos y modeló un pequeño muñeco. Luego sopló sobre él, y el pequeño monigote tomó vida. Ese fue el primer hombre sobre la tierra, y Dios el primer alfarero. ¿Qué te parece?

Carlos escuchó la historia de su padre y sonrió como si se tratara de uno de los cuentos que les contaba a su hermana Francisca y a él antes de dormir cuando eran niños.

Recordó aquel tiempo de la infancia en el que vio a su hermana jugando con la arcilla que su padre usaba en el tejar. Se preguntó en dónde estaría, qué tipo de trabajo tendría y por qué no llegaba ninguna noticia suya desde aquel día en que al llegar del trabajo no la encontró en casa. Y por qué no se despidió de él. Hoy daría cualquier cosa por contarle sus proyectos, su trabajo en el tejar junto a su padre. Y cómo él, su padre, la recordaba cada día, arrepentido de aquella despedida de su hija, escuchando aquellos gritos: «Si te vas no vuelvas nunca, nunca, nunca...». Cuántas veces, oculto tras las encinas del tejar, su hijo le había sorprendido llorando por ella, al igual que él, su hermano, cada noche, al irse a dormir, y ver la cama de Francisca vacía, no podía contener una lágrima. Y a veces se le escapaba algún sollozo, que sus padres escuchaban desde su habitación.

6

El tiempo transcurría lento para la familia esperando cada día la noticia que nunca llegaba de la mano del cartero. El único medio de información de Brígida sobre su hija seguía siendo la madre de Carmen, que a través de sus cartas dejaba escapar algún que otro detalle de la vida de Francisca, rompiendo la confidencialidad exigida por Carmen a su madre.

La familia de Francisca esperaba que el día menos pensado, pasado el tiempo que todo lo cura, apareciera en la estación del pueblo descendiendo del vagón del tren en el que se había ido. Pero ese encuentro esperado por Brígida día tras día no se producía.

Uno de los días que se dirigió a casa de Ruperta, la madre de Carmen, a preguntar si había recibido alguna carta de su hija, la respuesta fue ambigua por parte de la mujer, como queriendo callar algo de lo que su hija le contaba en su última carta.

—¿Ha escrito Carmen recientemente? —quiso saber Brígida.

—Bueno, sí —contestó Ruperta.

—¿Habla algo sobre Francisca? —preguntó Brígida esperando una luz, por pequeña que fuera, sobre el estado de Francisca.

—No —respondió la mujer—. Esta vez la carta de mi hija ha sido más breve de lo habitual, como si tuviera prisa por alguna razón, y la verdad, en esta ocasión no me ha contado nada sobre Francisca. Ya sabes, Brígida. Con el tiempo, después del primer encuentro, cada una se dedica a sus cosas, y poco a poco sus vidas se van distanciando y su contacto se produce con menos frecuencia. En fin...

—¿Y tú crees que ese puede ser el caso de Carmen y Francisca? —preguntó Brígida con un acento de ansiedad, sospechando que le ocultaba algo que Carmen le había prohibido a su madre contar.

—Pues no lo sé —dijo la mujer, ocultando algo que Brígida esperaba ansiosamente descubrir.

—Siempre fueron muy buenas amigas desde que

eran niñas —dijo Brígida—. No creo que así, estando tan unidas, y en una ciudad en donde a veces se encontrarán solas y necesitarán contarse sus cosas, como han hecho siempre, se hayan distanciado sin que para ello haya un buen motivo. No entiendo que en esta última carta Carmen no te cuente nada de Francisca, aunque no sea importante.

—Bueno, si mi hija en su carta más reciente no cuenta nada de Francisca es posible que no sepa nada de ella.

—¿Qué quieres decir? —preguntó Brígida con el corazón en un puño intuyendo alguna mala noticia.

La mujer, conmovida por la ansiedad en la expresión de Brígida, y compartiendo el derecho de una madre a saber todo sobre su hija, le mostró la última carta de Carmen.

Brígida tomó en sus manos temblorosas la carta, omitió el principio del texto y buscó esa línea en la que leer el nombre de su hija. Hacia el final de la carta, Carmen, advirtiendo como siempre discreción a su madre, le contaba el silencio de Francisca ante sus llamadas telefónicas al hotel en donde trabajaba, y las respuestas evasivas de algunas de las compañeras, que siempre encontraban un motivo por el que Francisca no podía ponerse al teléfono por estar ocupada, que si quería dejar algún recado para ella se lo comunicarían, seguras de que ella le devolvería la llamada.

El comentario de Carmen respecto a Francisca terminaba mostrando su preocupación y la decisión, caso de seguir sin conectar con ella, de acercarse personalmente al hotel en su día libre y preguntarle a Javier el motivo por el que Francisca estaba ilocalizable.

Mientras Brígida leía la carta de Carmen, unas lágrimas emborronaban las letras que intentaba seguir leyendo, y pensaba en los meses de ausencia de su hija, los cuales, para la familia, era ya demasiado tiempo sin saber nada de ella. La madre de Carmen intentaba calmarla, mientras Brígida, sacando fuerzas de flaqueza, dejó la carta sobre la mesa y, mirando a la mujer que hacía meses que le ocultaba el paradero de su hija, así como el remite de las cartas de Carmen, único rastro para conseguir encontrar a Francisca, dijo:

—Yo la encontraré.

Entonces, antes de dejarla marchar, Ruperta Calero sacó el sobre de la carta de Carmen que guardaba en el bolsillo del delantal, recortó el reverso donde estaba escrito el remite y se lo entregó a Brígida, que se lo guardó en el pecho, junto al corazón. Después de darle las gracias y como portadora de un tesoro, se fue a su casa dispuesta a escribir su primera carta dirigida al domicilio de Carmen, en un lugar lejos del pueblo, una ciudad de la costa en donde hacía varios años residía trabajando como empleada de hogar.

Al llegar a su casa, mientras abría la puerta miró al cielo y dio las gracias a alguien en quien últimamente ya no creía. En la ventana de su dormitorio, del cubo de cinc los claveles colgaban en cascada sobre la pared encalada. Pero estaban marchitos. Hacía tiempo que Brígida había olvidado regarlos, pero ese día era un día especial. Tal vez, el principio del encuentro más deseado por toda la familia. Entró en la casa y se dirigió a la cocina. Llenó una jarra de barro con agua de lluvia de la tinaja y subió las empinadas escaleras de yeso hasta su dormitorio.

Al pasar junto a la alcoba donde su hija hacía casi un año no dormía, tragó saliva. Y dirigiéndose a la ventana de la habitación del matrimonio, la abrió y vertió el agua sobre la maceta de los claveles rojos, y una lluvia de plata cayó pared abajo hasta la calle. Limpió de malas hierbas la maceta y después cerró la ventana, segura de que en los próximos días los claveles volverían a renacer, ya que sabía por experiencia que esa planta es la más dura de todas, que soporta el calor, el frío helador y la sequía.

La luz del día, a través de los cristales, iluminaba la mesa pequeña de madera junto a la pared, sobre la que colgaba de un clavo el portarretratos con la imagen de la Virgen del Perpetuo Socorro, alumbrada por una vela encendida desde el día en que Francisca salió de su casa. Brígida estaba sola. Justino, su marido, y Carlos, su hijo, se encontraban en el tejar donde cada día almorzaban para no perder mucho tiempo en ir al pueblo, y no regresarían hasta el anochecer. Frente a la mesa, en una silla de anea, Brígida se sentó. De un cajón sacó un cuaderno de los que su hijo había usado en la escuela y que aún conservaba, con las rayas impresas para que los renglones al escribir fueran derechos; un bolígrafo con la tinta seca que hubo de calentar en la llama de la vela que alumbraba el cuadro de la Virgen, para que la tinta fluyera y poder escribir; un papel sobre el que volcar, como si se tratara de la erupción de un volcán, los sentimientos acumulados durante tantos meses de ausencia, de preguntas sin respuesta, de silencios bañados en lágrimas, de añoranza y desesperación, de impotencia ante tantas puertas cerradas por las que llegar al lugar en donde se encontraba su hija, y de un sufrimiento infinito que solo una madre es capaz de sentir ante la ausencia y el olvido de un hijo. Porque, ante tanto silencio por parte de Francisca, llegaron al convencimiento de que les estaría olvidando, y eso no podría aceptarlo el corazón de los que la recordaban cada día, cada hora y cada minuto de sus vidas.

Brígida tuvo que hacer un verdadero esfuerzo para escribir aquella carta dirigida a Carmen. Las faltas de ortografía se iban almacenando hasta llegar al infinito en cada línea de aquella carta, en la que no importaba otra cosa que, como si se tratara de un náufrago, agarrarse a esa tabla de salvación que era el contacto de Carmen para llegar a Francisca. Como si fuese un ejercicio de primaria, de los que realizaban los niños en la escuela, Brígida rotulaba lentamente, con redondilla y con sumo cuidado cada una de las letras, hasta componer cada frase de aquella carta que tardó en escribir tres días, y que Carmen, al recibirla, tardaría quizá mucho más en poderla descifrar, ya que ella tampoco fue precisamente una alumna aventajada en aquella escuela de El Espejuelo a la que asistió de niña, y en donde no terminó la primaria, pues había que ponerse a trabajar.

Una vez terminada, Brígida leyó la carta para darle su particular aprobado, lamentando no saber expresar con palabras los sentimientos, las emociones, las soledades y los desgarros del corazón que hubiera deseado plasmar en el papel, y que empujaran a su hija a volver a sus brazos, arrepentida por todo el sufrimiento causado a toda la familia con su silencio.

Querida Carmen:

Espero que al recibo de esta te encuentres bien, nosotros bien Gracias a Dios. Ante todo te rogaría que no te enfades con tu madre por haberme proporcionado tu dirección rompiendo esa promesa que le exigiste de no contarme nada del contenido de tus cartas que hablara sobre mi hija. Pero tienes que comprender, y si un día eres madre lo comprenderás, que para una madre no hay nada más doloroso que estar lejos de sus hijos, y más doloroso aún sin tener el más mínimo contacto con ellos ni saber en dónde están como es el caso de Francisca, mi hija. No quiero molestarte con mi carta, pero son ya muchos meses sin saber nada de ella, aunque es verdad que a través de tu madre, al menos sabíamos que estaba bien y que tenía un empleo en un hotel, que os veíais a menudo y que vuestra relación era tan buena como cuando erais niñas.

Sin embargo, esta última carta que me ha dejado leer me ha roto el alma. En ella le dices que últimamente no sabes nada de Francisca, que hace tiempo que no os veis y que no contesta al teléfono cuando la llamas, y eso sí que nos preocupa. Quiero creer que ella nos sigue queriendo, y que algún día volverá y nos perdonará eso que tanto daño le hizo, «vete de esta casa y no vuelvas nunca» que su padre le gritó lleno de dolor al verla marchar, y comprenderá que nuestra preocupación al querer dejar la casa, era únicamente por ser demasiado joven para enfrentarse sola al mundo, y demasiado hermosa para pasar desapercibida en una ciudad con tanto loco que anda suelto atacando a las mujeres, según dicen en la radio.

Creo sinceramente, querida Carmen, que en tu última carta no has querido decir la verdad de lo que ocurre con Francisca, y eso nos llena de preocupación, pensando que quizá esté enferma, y tú como buena amiga y confidente quieres guardarle el secreto, sabiendo que, contándoselo a tu madre ella me lo contaría. O quizá ha perdido el empleo y anda buscando otro trabajo... En fin, como comprenderás, tanto su padre como su hermano y yo estamos muy preocupados por ella, y nuestra única esperanza para saber la verdad de lo que le ocurre eres tú, para poderla ayudar en todo lo que precise, sea lo que sea. Esta vez, te rogaría que contestes a mi carta a la mayor brevedad posible y dirigida a nosotros, contándonos lo que sepas de ella, segura de que, por grave que fuera su situación, nadie la comprendería como su familia, y por supuesto, su mejor amiga como lo eres tú. Me gustaría que esta carta la leyera Francisca, si es que la ves, ya que no he conseguido saber su dirección para enviársela a ella directamente (en eso tu madre ha respetado tu deseo de que no me contara nada hasta sus últimas consecuencias). Quizá sea mucho esperar si le pido que nos escriba, que nos perdone, que la queremos y que nuestros brazos hace mucho tiempo están abiertos para recibirla, aunque en nuestros ojos ya no queden lágrimas que derramar, porque el tiempo, la ausencia y la distancia las han secado.

Gracias por tu ayuda.

Queda a la espera de tus noticias,

BRÍGIDA

7

Con el final del verano llegaron las primeras lluvias, y con ellas el final de la producción de tejas. Durante ese tiempo el horno de nuevo se convirtió en un lodazal, la explanada se inundó de agua y la hierba, como cada año, cubrió el acceso al manantial y a la cantera de arcilla de donde era extraída la tierra para la fabricación de las tejas.

Sin embargo, esa temporada había sido económicamente muy rentable para la familia. Y ya que Carlos, tal como le había comentado a su padre, había decidido dedicarse plenamente al trabajo del tejar, pensaron en la posibilidad de construir un lugar cerrado en donde trabajar durante todo el año, sin miedo a las lluvias que impedían el secado, reblandeciendo el barro y destruyendo las piezas.

Un pequeño olivar junto a la explanada era el espacio perfecto para construir una nave, con capacidad suficiente para realizar su trabajo. Puesto Justino en contacto con el dueño de la parcela, la venta se realizó por un buen precio, sobre todo para el dueño del olivar. Así que aquel mismo otoño comenzarían las obras del nuevo alfar, y para la próxima primavera, época en la que habitualmente empezaban los trabajos, continuarían la producción sin problemas meteorológicos que la impidieran.

Justino y su hijo trabajaban sin descanso en la fabricación de tejas, y con el tiempo el almacén se fue llenando de material que iban sirviendo a los clientes a medida que los tejados se iban reponiendo con tejas nuevas o se construía alguna casa en el pueblo o en los pueblos cercanos a El Espejuelo, para cuya labor de distribución del material, que debería realizar Carlos cada fin de semana, fue necesaria la compra de una furgoneta. En un rincón de la nave se habilitó un espacio para el aparcamiento del vehículo y evitar así el robo, caso de estacionarla fuera del tejar.

A lo largo de los meses, el ritmo de la producción empezó a ser mayor que el de la demanda, lo que les obligaba a ampliar su mercado visitando otros pueblos, cada vez más distantes del alfar.

Su táctica para comprobar si en la zona había mercado para su producto consistía en recorrer con la furgoneta las calles de los pueblos cercanos, observando el estado de los tejados. Si las tejas estaban en buen uso o si, por el contrario, necesitaban con urgencia ser repuestas por tejas nuevas, en cuyo caso Carlos visitaba al dueño de la casa y le ofrecía su mercancía antes de que otro vendedor se le adelantara y le quitara el negocio. Entretanto, su padre trabajaba sin descanso en el tejar esperando cada sábado el regreso de su hijo con la buena noticia de algún pedido que los incentivara a seguir produciendo.

Carlos madrugaba cada día un poco más para hacer cada vez un camino más largo, inspeccionando los tejados de los pueblos de aquella comarca. Y a medida que se distanciaba más, se iba sintiendo más extraño entre aquellas gentes, cuyo acento al hablar empezaba a sentirlo diferente al de El Espejuelo, y los kilómetros se le hacían más cuesta arriba según iba pasando el tiempo. Sin embargo, el trabajo de inspección de los tejados y los encuentros con los propietarios de los más deteriorados tenía su compensación en los pedidos que cada fin de semana, al regresar al tejar, Carlos presentaba a su padre, lo que iba asegurando la supervivencia de la familia.

Pero un día, en uno de los pueblos que visitaba, observó que algunos tejados se encontraban groseramente cubiertos con planchas de uralita, otros con láminas de hojalata en sus más diferentes colores y texturas y otros con láminas de plástico traslúcidas, que a modo de invernaderos iluminaban las cuadras y los almacenes de las casas, en donde las tejas competían en minoría con el resto de los materiales.

Carlos se frotó las manos al ver aquel puzle, que le aseguraría el trabajo por mucho tiempo, sabiendo que, como en otros pueblos, la gente preferiría las tejas para cubrir sus tejados y no dudaría en hacerle los pedidos a él, ya que era el único fabricante de tejas de aquella región. ¿Por qué en ese pueblo no quedaban apenas tejas en sus tejados?, se preguntó. ¿Por qué renunciar a la belleza de las tejas fabricadas con barro cocido elaboradas a mano, después de ser amasado con los pies descalzos en una poza, con el ritual de un baile de salón, allanando las pellas cuidadosamente con un rodillo de madera sobre una mesa situada a la sombra de las encinas y secado al sol a lomos de un molde de madera, después de haberlo acariciado con las manos mojadas para procurar un secado uniforme? ¿Por qué renunciar a ese ceremonial instituido desde el principio de los tiempos, y sustituirlo por materiales más groseros, propios de naves industriales que no parecen ser tan exigentes en su apariencia estética?

Para que alguien con cierta autoridad en aquel pueblo le contestara a esa pregunta, Carlos decidió ir al ayuntamiento buscando la voz del alcalde, cuya respuesta inmediata fue:

—¿Y qué más da una cosa que otra? Si, total, a este pueblo no viene nadie. Por algo se llama El Olvido. Por otro lado, reponer las tejas que se rompen por otras iguales es retroceder a épocas pasadas, y la gente prefiere ir acorde con los tiempos modernos y usar materiales más prácticos y duraderos como son las chapas de uralita, o las láminas de hojalata, que, por cierto, las fabrican en los colores que desee el cliente y son más baratas que ponerse a buscar tejas, entre otras razones porque ya no quedan en ninguno de los corrales de ganado. Ocurre lo mismo con las puertas antiguas de madera que había en todas las casas del pueblo, que con los años han dejado de ajustar sus quicios, se han oxidado sus bisagras y, sobre todo cuando llegan las lluvias, se hinchan con la humedad y no hay manera de poderlas cerrar con llave, y a veces hay que dejarlas sin cerrar por la noche, con el peligro que eso conlleva dado los tiempos que corren. ¡Solución! Si haces un recorrido por el pueblo verás que, salvo algunas casas importantes, como la casa del cura, la casa de Dios, o sea la iglesia, la casa de don Urano Mendieta, el médico, y la de don Cipriano Monteverde de Torre Alta, terrateniente, que según dicen tiene el dinero por castigo y que, por cierto, sus tejados están cubiertos con tejas de barro como las que tú fábricas, el resto han decidido sustituir las puertas y las ventanas de madera por las de aluminio o hierro, que ya puede llover lo que quiera, que aguantan cualquiera de los fenómenos naturales que te imagines, y duran una eternidad. Y por si los aguaceros vienen con demasiada fuerza, sobre la puerta los vecinos encargan al herrero un tejadillo de chapa, en el que colocan unas tejas pequeñas de cerámica esmaltada, del color que cada uno elige y que compran cuando van a la ciudad, y anclado con unas palomillas de hierro a la pared queda la puerta resguardada contra viento y marea.

Carlos escuchaba al alcalde sin creer lo que estaba oyendo. No era de extrañar que con esa filosofía por parte de la máxima autoridad del pueblo, el progreso tardara siglos en llegar a ese rincón de una naturaleza privilegiada, y a un alcalde que nunca supo valorarla.

—Y no hablemos de las fachadas de las casas —siguió el alcalde, sin dar opción al diálogo con Carlos, que lo escuchaba cada vez más sorprendido—. Esa manía de algunos pueblos cercanos a este de pintarlas de cal todos los años por primavera, llenar de flores las ventanas y hacer concursos a costa del ayuntamiento para premiar la más bonita... ¡una gilipollez!

—Pero, hombre, eso está bien —contestó Carlos—. Cuanto más se embellezcan los pueblos, más agradable será vivir en ellos y más visitantes vendrán, lo que supondrá un beneficio para todos, en especial para los dueños de los pequeños negocios, y por supuesto para el ayuntamiento.

—Y también para ti —dijo el alcalde.

—¿Para mí? —Carlos esperó la inevitable respuesta del alcalde.

—Claro —contestó el alcalde—. ¿O no has venido hasta aquí a cambiar las placas de uralita y las chapas de hojalata de los tejados por las tejas de barro que tú fábricas, lo que a tu juicio mejoraría el aspecto del pueblo?

—Desde luego —respondió Carlos intimidado por la respuesta del alcalde—. ¿Por qué solo las casas importantes del pueblo cubren sus tejados con tejas de barro, respetando la tradición arquitectónica de esta tierra?

—Hay gente —añadió el alcalde— que se puede permitir el lujo de respetar las tradiciones aunque eso les cueste mucho dinero. Esa es la minoría que ocupa las casas de las que hemos hablado. El resto a lo largo de los años ha ido desmantelando las viejas construcciones del campo para aprovechar esas tejas viejas, que, créeme, también saben valorar, aunque hoy, escudados en que esos materiales pertenecen al pasado, aunque les gustaría utilizarlas, se deben conformar con cubrir su techo con materiales baratos, como las chapas de hojalata o las tejas de uralita, y conformarse con mirar y admirar la belleza de los tejados de las casas que acabo de nombrarte.

Carlos escuchaba atento las explicaciones de aquel alcalde, que no por ser algo rústico dejaba de tener razón en alguno de sus planteamientos.

—Es cierto que la antigüedad en algunos objetos es un valor añadido que eleva su precio y a veces lo hace inaccesible a la generalidad de la gente común; así, las antiguas tejas que tanto escasean, después de haber sido extraídas de edificaciones antiguas y utilizadas en las nuevas casas, adquieren un valor solo al alcance de algunos bolsillos. Sin embargo, esas tejas sobre las que pesan siglos de antigüedad están fabricadas con el mismo material que yo utilizo en mi alfar, o sea el barro, y con el mismo proceso utilizado desde hace siglos, cocidas con el fuego de un horno de leña, a la misma temperatura y con la misma técnica de entonces.

»Y aunque el trabajo artesanal es arduo, el precio sería el mismo que el de aquellas tejas de la iglesia —dijo señalando el tejado del campanario—, restándole el precio de la antigüedad de la que carecen, o sea, una mínima parte de aquellas, aunque, eso sí, algo más caras que las chapas de hojalata que cubren los tejados del pueblo y que le dan un aspecto de pobreza y mal gusto que no se merece.

—Veo que eres un buen vendedor de tu producto —dijo el alcalde, pensando que el muchacho merecía una oportunidad.

Aquel día, Carlos volvió al tejar sin el pedido que su padre hubiera deseado y que esperaba como cada día que su hijo, al regresar de visitar alguno de los pueblos, solía traer. Pero tenía la certeza de haber convencido al alcalde de aquel pueblo de la necesidad de embellecer el lugar en donde vive la gente, conviniendo con él en que la teja de barro, sin menospreciar al resto de los materiales utilizados, es el elemento rústico tradicional usado para todos los tejados de aquella comarca de Vallehondo.

—Después de una larga conversación con él —contó Carlos a su padre—, lo único que el alcalde necesitaba saber era el precio de nuestras tejas en relación a los materiales habitualmente usados por los vecinos del pueblo, no sin antes dejarme claro que también la gente que habita esos pueblos, por pequeños y olvidados que sean, como es el caso de El Olvido, a poco que su economía se lo permitiera, no tendrían inconveniente en utilizar en sus tejados las tejas producidas en nuestro alfar, con lo que el aspecto de sus casas sería equiparable al de las casas más importantes del pueblo, incluso al de la casa de Dios (perdonando la comparación), o sea la iglesia.

—¿Eso te dijo? —dijo Justino, orgulloso de la habilidad demostrada por su hijo para convencer al alcalde de aquel pueblo.

—Eso exactamente es lo que me dijo —contestó Carlos, mientras en los ojos de su padre percibía un brillo especial.

—Y finalmente, ¿en qué quedaste con él? —preguntó el padre.

—Quedamos en encontrarnos otro día, llevarle el precio de cada teja, y las que ocuparían ya colocadas un metro cuadrado, así les resultaría fácil a los interesados compararlo con el metro cuadrado de uralita o la chapa de hojalata. Seguro que cuando sepan el precio de nuestras tejas no les resultará tan caro como lo que imaginan y tendremos trabajo para mucho tiempo.

Justino escuchaba a su hijo pensando que, sin apenas darse cuenta, se había hecho un hombre.

8

Mientras leía la carta de Brígida, Carmen se sintió culpable por el silencio impuesto a su madre sobre cualquier información, por orden de Francisca. Había colaborado al dolor de una familia que lo único que necesitaba saber era si su hija se encontraba bien, si había tenido un buen viaje y si estaba integrada en su lugar de trabajo, y cuyo único medio de averiguarlo era por medio de ella. Y la posibilidad de una reconciliación con sus padres estaba siendo excesivamente larga y llena de dolor.

Después de leer la carta, Carmen sintió la necesidad de liberarse haciéndole saber a Francisca el sufrimiento que estaba causando a su familia con su silencio y con ese distanciamiento al que, a medida que iba pasando el tiempo, se iba acostumbrando y la hacía más insensible al dolor de los que más la querían.

Sin pensarlo más, Carmen marcó el número del hotel en donde trabajaba Francisca. Al otro lado del teléfono, una voz sorprendida por la hora inhabitual de la llamada contestó:

—¿Dígame?

—Hola, ¿está Francisca?

—Un momento. —Era una compañera de Francisca que en ese instante pasaba por el pasillo cerca del teléfono.

—Dígame —dijo Francisca, sofocada después de correr unos cuantos metros desde la habitación en donde se encontraba.

—Hola, Francisca, soy Carmen.

—Hola, ya sé que eres Carmen.

—He recibido una carta de tu madre. —La voz de Carmen sonaba algo nerviosa al otro lado del teléfono.

—¿De mi madre? —contestó Francisca, mientras su voz se quebró por unos momentos—. ¿Y qué quiere? ¿Ha ocurrido algo?

—Sí, Francisca —afirmó Carmen—. En tu familia cada día ocurre algo. Y quizá la culpa sea mía.

—¿Culpa? —dudó Francisca—. ¿De qué culpa hablas?

—Tú sabes bien de lo que hablo. Y creo que tu familia no merece tu silencio, ese que me obligaste a guardar sobre todo lo que se tratara de ti, de tu vida, de tu trabajo y de todas las cosas que, aun siendo insignificantes, para tu familia son de una gran importancia. Es demasiado tiempo mortificándolos y creo que no merecen un castigo tan severo, solo por preocuparse por ti intentando protegerte de todo lo que pudiera ocurrirte.

Francisca escuchaba en silencio la voz amiga de Carmen, que iba poco a poco minando sus sentimientos hasta romper en llanto.

—¡El teléfono es para una urgencia, no para pasarse las horas hablando de cosas intrascendentes! —Era la voz de la gobernanta llamando al orden a Francisca, que inmediatamente y sin despedirse de Carmen colgó el teléfono.

—Lo siento —dijo entre sollozos Francisca, que volvió al trabajo en una de las habitaciones en donde cambiaba las sábanas y arreglaba la habitación, mientras pensaba en la conversación interrumpida con su amiga, a la que en cualquier descuido de la gobernanta volvería a llamar para pedirle perdón por la interrupción de la llamada y para concertar una cita para hablar tranquilamente sobre la carta de su madre, como hacían cada día libre cuando salían de compras o a bailar en una sala de fiestas cerca de la playa.

Una vez terminada su jornada de trabajo, Francisca llamó a Carmen para quedar el jueves.

—Hola, Carmen, perdona por lo del teléfono pero la gobernanta... —dijo Francisca.

—No te preocupes, ya sé que esa bruja anda siempre controlando a cada una de las chicas como si le fuera la vida en ello.

—¿Nos vemos el jueves? —preguntó Francisca—. Me he quedado muy triste después de hablar contigo.

—De acuerdo —contestó Carmen—. Nos vemos el jueves en la terraza del bar de siempre, en el paseo marítimo. En un día de diario es tranquilo y podremos hablar con calma; luego daremos un paseo por la playa.

—Bueno, tengo que dejarte —dijo Francisca—. Nos vemos el jueves.

Hacía ya demasiado tiempo que se había ido de la casa de sus padres, y por un momento pensó en lo injusta que estaba siendo con ellos, con esa actitud parecida a la indiferencia a la que se estaba acostumbrando, y que contrastaba con la angustia permanente que padecían sus padres y su hermano Carlos, al que sí recordaba cada día, y al que en alguna ocasión había estado a punto de escribir una carta para contarle sobre su trabajo, sus recuerdos de niños y sus juegos en la calle de tierra de su pueblo, y contarle también sus momentos de soledad en esa ciudad adonde la llevó un día aquel tren, en donde el mar parecía llorar de rabia al estrellar sus olas contra las rocas de los acantilados, mientras ella lloraba de ausencia y desamparo pensando a veces en acabar con todo.

Hacía ya demasiado tiempo. Y a pesar de todo, en sus oídos todavía seguían sonando las palabras de su padre prohibiéndole volver a casa si tomaba aquel tren.

9

La lluvia, después de una sequía que hacía temer por las cosechas, empezó a caer mansamente sobre los tejados del pueblo, y por las calles embarradas y vacías de gente por las que solo se atrevían a pasar los gatos, que a través de las gateras entraban en las casas en busca de cobijo o a la caza de algún ratón escondido en cualquier rincón oscuro de la despensa.

El silencio en las calles era roto por el agua que, como pequeñas cascadas, caía desde los canales del tejado hasta estrellarse contra el suelo de tierra, salpicando las paredes que, como en la casa de la Brígida, mancharía el blanco inmaculado del encalado, lo que le obligaría de nuevo a pintarla una vez pasara el tiempo de las lluvias.

Los días en esta época del año, al tener menos horas

de luz, se hacían largos dentro de la casa de Brígida. Sentada en su silla de anea, frente a la chimenea, bajo una campana alta y ancha por donde entraba la escasa y única luz de invierno que iluminaba la cocina, tejía con una habilidad y una experiencia de siglos los calcetines de algodón que usaría Justino, su marido, ya que Carlos, su hijo, que ya era un joven con la mirada puesta en las chicas, y un intuitivo gusto a la hora de vestir, prefería los calcetines elásticos que observaba en su relación con los hombres con los que negociaba la venta de sus tejas en sus visitas a los pueblos y en sus escasas escapadas a la ciudad, en donde compraba algunas prendas de vestir que le daban una apariencia de chico de ciudad.

En esos días, mientras Brígida esperaba en el silencio de la casa la llegada de su marido, después de haber pasado el día trabajando en el tejar, Carlos, contra vientos y lluvias, seguía visitando los pueblos ofreciendo su mercancía.

Fiel a la cita en la que había quedado con el alcalde de El Olvido uno de esos días, portando una cartera con una muestra de las tejas y sus precios con la esperanza de conseguir la aceptación de su mercancía, se dirigió al ayuntamiento, donde algunas autoridades y vecinos del pueblo, interesados en escuchar su oferta, lo esperaban.

El viaje había sido largo. Una anciana cruzaba la calle que llevaba hasta la plaza cubriéndose de la lluvia con un paraguas, y con las zapatillas de felpa mojadas hasta los tobillos, y al ver pasar la furgoneta, como si se tratara de alguien conocido, le saludó con una sonrisita agitando su mano libre. Era una novedad ver en un día de perros como aquel a alguien que llegaba al pueblo desafiando el tiempo, como hacía aquel valiente en su furgoneta camino del ayuntamiento, en cuyo balcón, como si de un comité de recepción se tratara, protegiéndose de la lluvia bajo un tejadillo de cinc, esperaban el alcalde, algunos concejales y los curiosos, para conocer a ese vendedor de tejas que pensaba cambiar la imagen del pueblo abandonado, borrando para siempre aquella imagen de villa miseria que sugerían aquellos tejados oxidados y cubiertos de líquenes, que un enclave natural de una gran belleza, como era aquel donde se encontraba, no merecía.

Carlos cerró la furgoneta, saludó con la mano al alcalde y sus acompañantes del balcón y entró en el ayuntamiento dispuesto a convencer a los presentes de las bondades de su mercancía. Adosada al ayuntamiento estaba la escuela mixta a la que asistían seis niños y cuatro niñas, en donde el maestro los entretenía interpretando a coro algunas canciones con un innegable mensaje de exaltación nacional («montañas nevadas, banderas al viento…»), evitándoles salir a la plaza que la lluvia había convertido en un lodazal. Al fondo de la escalera, sobre el rellano y colgados de la pared, un cuadro con la imagen de Francisco Franco, un Cristo crucificado burdamente reproducido en escayola policromada y la imagen de José Antonio Primo de Rivera le daban la bienvenida mientras, a través de un pasillo largo, se dirigía al despacho del alcalde.

—Buenos días —dijo Carlos con el acento cansado de alguien que acaba de recorrer muchos kilómetros bajo una lluvia incesante en una furgoneta, mientras tendía la mano al alcalde y saludaba en un gesto general a los hombres que esperaban conocer su mercancía y sobre todo su precio.

Sobre la mesa del despacho del alcalde abrió su cartera de cuero, herencia de un abuelo que de joven había sido cartero de su pueblo, y envueltas en papel de estraza, como el que lleva un tesoro, descubrió lentamente dos tejas de barro en dos tonalidades diferentes, dependiendo del color de la arcilla, aunque realizadas en su alfar con la misma técnica.

El alcalde pidió al alfarero una explicación a propósito del sistema de fabricación, el tipo de tierras usado, la forma de cocerlas y la temperatura alcanzada por el horno, así como el tino en la cocción para no pasarse de grados, con el consiguiente riesgo de rotura de las piezas. Preguntas a las que Carlos respondía como el verdadero experto que era, mientras las tejas pasaban de mano en mano examinadas meticulosamente por cada uno de los asistentes a la reunión, tocándolas, oliéndolas y sopesándolas, pensando si serían ligeras o excesivamente pesadas para la cubierta de su casa, cuyo peso tendría que soportar una vez colocadas. También el color era otro elemento de comparación entre una y otra teja, aunque las más rojas tenían más aceptación en general, ya que tenían mayor parecido con los tejados de las familias más acomodadas del pueblo y también con el de la iglesia. Las de un color más claro, tirando a amarillento, eran rechazadas por la mayoría de los observadores, que opinaban que estaban menos cocidas (sin saber que ambas estaban fabricadas con arcillas diferentes), y cuyo resultado sería de una mayor fragilidad, sobre todo en el momento de aguantar las granizadas que en el invierno azotaban los tejados con verdadera virulencia, con lo que el alfarero decidió guardar en su cartera la muestra de teja más clara y centrar su oferta en las que, por goleada, habían conquistado el gusto de los asistentes, o sea las rojas.

El alfarero había agotado toda la información, había contestado a las preguntas más audaces de los hombres así como a las del alcalde, la presentación de su producto no daba para más; solo había una pregunta que todos esperaban y que debería hacerla el alcalde.

—Creo que ha quedado claro que las tejas son de una gran calidad —dijo el alcalde—. Que están fabricadas con todo el esmero y la sabiduría de un gran alfarero como él —dirigiéndose a Carlos—, y que el resultado, por lo que hemos visto, ha sido del agrado de todos nosotros, y sobre todo que no tienen nada que envidiar a las que adornan los tejados de las casas más importantes del pueblo. Solo nos queda por saber cuál es su precio por metro cuadrado.

En ese momento, una joven morena, apretada de carnes y con un jersey ajustado que marcaba unos pezones de una vitalidad adolescente, que los asistentes no dejaban de mirar, se dirigió al alcalde sin el más mínimo protocolo.

—Padre, que dice madre que si viene ya a comer, que la comida se va a enfriar si tarda mucho.

—Dile a madre que no tardaré —contestó el alcalde cogiendo de nuevo el hilo de la conversación, mientras la joven morena y apretada de carnes, dando la espalda a los reunidos, marcando el paso con sus piernas rectas y bien modeladas, y un par de glúteos que se balanceaban de un lado a otro, sin la menor intención de provocar, despertaba en los reunidos sus más primitivos instintos. El alcalde, observando sus miradas, esperaba la desaparición de la chica por el final del pasillo para continuar dando su opinión.

Carlos sacó de la cartera un cuaderno con el estudio de los precios según los materiales utilizados.

—He contrastado los precios de los materiales que se han utilizado en los tejados de vuestro pueblo con las tejas de barro cocido que os he mostrado, que han sido fabricadas en nuestro alfar manualmente por mi padre y por mí —dijo Carlos, y a continuación mostró los precios de cada uno de los materiales utilizados habitualmente en el pueblo, en contraste con el precio de sus tejas, que aunque era algo mayor que el de la hojalata o la uralita, destacaba la clara diferencia, a su favor, de los tejados cubiertos con sus tejas.

Mientras el alfarero hablaba sobre las excelencias de su mercancía, el alcalde analizaba la teja roja de la muestra que Carlos había dejado sobre la mesa, observándola por delante y por detrás, y dándole algunos golpecillos con los nudillos, comprobando por el sonido si el barro estaba bien cocido.

Después de su exposición, el alfarero esperaba algún comentario por parte de los hombres que le habían escuchado, pero al permanecer callados, el alcalde, que conocía de la timidez de todos ellos de hablar en público, y que solo con mirarlos sabía lo que pensaban, dirigiéndose a Carlos en un aparte le dijo:

—Creo que les has convencido, pero necesitan su tiempo para decidir qué hacer con sus tejados, ya que después de tantos años de verlos de una determinada manera no es fácil, de la noche a la mañana, hundirlos y cambiar su aspecto de forma tan radical. Por otra parte, es algo que tienen que consultar con sus mujeres, que aunque en este pueblo los hombres presumamos de llevar los pantalones, la verdad es que los llevan ellas, y ellas serán las que decidan si se cambian o no se cambian los tejados. Yo, por mi parte, les animaré a hacerlo porque me parece que tu propuesta es buena para el pueblo, y los precios están dentro de las posibilidades de todos los que están aquí. Y, eso sí, y esto que quede entre nosotros dos, para mí un tres por ciento del coste de cada tejado que se instale con tus tejas en el pueblo. No creo que sea demasiado pedirte por mi labor de intermediario para convencer uno por uno a todos los vecinos, que no es fácil, sobre todo a los más tozudos, que lo de la estética lo confunden con otra cosa… Ya sabes.

Carlos asintió sin entender ni un ápice el juego de palabras del alcalde respecto a la estética. Y por otra parte, lo del tres por ciento exigido, eso sí, como algo natural por la máxima autoridad del pueblo, portador de la justicia, la honradez y la vigilancia del orden entre sus vecinos, al alfarero le sonó a chino. No entendía todavía, ni siquiera había oído nunca la palabra «chantaje», pero ese día descubrió el precio que puede llegar a tener a veces ganarse honradamente la vida.

—Bueno —dijo el alcalde dirigiéndose a los vecinos

que habían asistido a la reunión—. Pues ya habéis oído, cualquier decisión que toméis, y creo que será bueno colaborar al embellecimiento del pueblo cambiando vuestros tejados, os ruego que me lo comuniquéis lo antes posible, previa consulta con vuestras mujeres, para que Carlos vaya fabricando las tejas y podáis empezar las obras de rehabilitación en cuanto pasen las lluvias. Y nosotros —dirigiéndose a Carlos— creo que deberíamos irnos a comer algo, que ya es hora, antes de que se enfríe. Vamos, te invito.

—No, gracias, el viaje de vuelta a mi pueblo es bastante largo y, además, con estas carreteras, que con las lluvias se llenan de charcos, prefiero irme antes de que me anochezca por el camino.

—Como quieras —añadió el alcalde—. Estaremos en contacto.

—Gracias —dijo Carlos mientras salían del ayuntamiento.

Puso la furgoneta en marcha y desapareció bajo el aguacero por la misma calle embarrada por donde había llegado.

Al pasar frente a la casa del alcalde, en una de las ventanas de la planta baja, tras los cristales empañados por la lluvia, la chica de las carnes prietas a la que Carlos había visto casualmente en alguno de sus viajes al pueblo sin saber que se trataba de la hija del alcalde, a la que acababa de ver en el ayuntamiento, le regaló una sonrisa mientras con la mano le decía adiós. El viaje de vuelta a su pueblo Carlos lo hizo pensando en ella, y por primera vez sintió algo especial, algo que nunca había sentido por una mujer.

10

Después de un día intenso de trabajo en el tejar, Justino, a lomos de Careto, el burro, llegó al pueblo. Ya en su casa entró a través del portal hasta la cuadra en donde lo desmontó y le puso paja y avena en el pesebre, y un cubo con agua; le dejó una manta ligera por encima del lomo ya que el animal, al soportar el peso de Justino durante todo el camino, emitía un vapor procedente del sudor, que al enfriarse durante la noche podría causarle alguna enfermedad, y Careto era imprescindible en el tejar para llevar el agua hasta la poza para amasar el barro.

Una vez atendido el burro, Justino dio una voz en la casa llamando a Brígida pero no contestó. Subió hasta el dormitorio y llenó de agua la palangana. Se despojó de su camisa y la camiseta y se lavó la cara, las manos, los brazos, las axilas, y finalmente se mojó la cabeza, se secó el pelo con la toalla y se puso colonia de la que Brígida le compraba en la tienda de El Espejuelo.

Después bajó a la cocina, se sirvió un vaso de vino tinto de su propia cosecha, un trozo de pan y una loncha de bacalao seco. Y sentado en su silla de anea, al calor de la lumbre se dispuso a esperar a Brígida, que posiblemente estaría dándole a la lengua en casa de alguna vecina pues era su mayor divertimento.

No ocurría nada en el pueblo sin que lo supiera de primera mano Brígida, ni nadie que llegara al pueblo sin que ella averiguara quién era y cuál era su misión en ese viaje. El respeto entre ella y su marido dejaba mucho que desear, y la educación de sus hijos, Francisca y Carlos, fue la de unos niños asilvestrados aunque de sentimientos nobles.

A pesar de la hora temprana, la tarde había oscurecido y solo la luz del fuego de la chimenea hacía visible la cocina, ya de por sí ennegrecida por el humo y su escasa ventilación, ya que carecía de cualquier ventana. Solo había una puerta que comunicaba por el pasillo con la puerta de la calle, que tenía gatera, por donde un gato huraño entraba y salía a su antojo, y algunos desajustes en la madera de la puerta permitían la circulación del aire entre la calle y la cocina, en donde el fuego permanecía encendido durante todo el día, y donde Brígida cocinaba. Cuando Justino terminó de merendar, se descalzó y puso sobre los arrimadores de lumbre sus calcetines húmedos de algodón blanco, tejidos por su mujer, y sus abarcas de goma; estiró las piernas y al calor de la lumbre, sentado sobre su silla, se quedó en un duermevela mientras llegaba Brígida para preparar la cena.

Entre cabezada y cabezada, Justino pensaba que era un trabajo duro el de alfarero, y él se iba haciendo mayor para andar bailando todo el día sobre la masa de barro en la poza del tejar. Y aunque la piel de sus manos y sus pies, en contacto permanente con el barro, habían adquirido la suavidad de la seda, sus piernas y su espalda le anunciaban que esa era una profesión de corto recorrido, más propia de gente joven que de los que, como él, después de una jornada de trabajo duro, necesitaban volver al pueblo a la grupa de un burro en lugar de hacerlo caminando.

Mientras él pensaba entre sueños, Carlos, su hijo, hacía el camino entre El Olvido y su casa. La noche había caído sobre la furgoneta, cuyo rótulo, TEJAS DE BARRO, apenas se leería al día siguiente cubierto por las salpicaduras de lodo de esa noche, que a Carlos le pareció, conduciendo bajo la lluvia, la más larga de su vida.

De pronto, la puerta de la casa se abrió y la voz destemplada de Brígida gritó:

—Justino, ¿has venido ya?

Y de nuevo el golpe de la puerta al cerrarse despertó definitivamente a su marido y al gato, que tumbado sobre la plancha de hierro junto a la chimenea interrumpió su siesta y de un salto desapareció, y escaleras arriba buscó refugio en el dormitorio para continuar con su sueño, sin temor a ser molestado de nuevo, sobre la cama del matrimonio.

—Sí, he venido, sí —contestó Justino—. Y tú, ¿qué haces por ahí a estas horas?

—Pues ¿qué horas son? —contestó Brígida tratando de no alterar a su marido.

—Son las horas de estar en tu casa —contestó Justino en un tono de bronca al que Brígida estaba ya acostumbrada—. No habrás tenido tiempo durante el día para andar husmeando en las cosas que no te importan, y despellejando a quien primero se te ponga por delante. ¡No te dará vergüenza!

—A ti sí que tendría que darte vergüenza estar a estas horas como estás —contestó ella, sabiendo por experiencia que en discusiones como esta, incluso más violentas, nunca llegaba la sangre al río, y formaban parte de una cotidianidad que necesitaban los dos para que la vida no fuera demasiado aburrida.

—¿A mí, vergüenza? ¿De qué? —dijo Justino aumentando un punto su tono de voz.

—Ya sabes tú de qué —respondió Brígida como dando por terminada la discusión, mientras retiraba del suelo la jarra de vino y el vaso que Justino había dejado junto a la silla de anea, sobre la que seguía sentado.

—Hay que joderse. Todo el día trabajando como un cabrón y viene la tía buscando bronca. Por cierto... —continuó Justino alargando un poco más el tiempo de la conversación, mientras Brígida lo escuchaba a duras penas pues estaba subiendo las escaleras hacia el dormitorio para asomarse a la ventana de los claveles rojos, desde donde poder ver en la oscuridad alguna luz por la carretera acercándose al pueblo, por si pudiera ser la furgoneta de Carlos, su hijo, regresando a casa después de ese largo viaje para reunirse con el alcalde de

El Olvido—. Y tú —preguntó Justino—, ¿qué has hecho hoy, aparte de andar de casa en casa perdiendo el tiempo y haciéndoselo perder a las vecinas?

Mientras Justino hablaba en la cocina, Brígida desde la ventana del dormitorio descubría en la noche cerrada, oscura y lluviosa una luz a lo lejos que, al llegar al cruce de la carretera, tomaba la dirección hacia El Espejuelo y la deslumbró. En ese momento se le alegró el alma sabiendo que era la luz de la furgoneta de Carlos, su hijo.

—Ya viene el chico —dijo Brígida a su marido, que seguía en la cocina esperando la respuesta a su pregunta, y que su mujer había dejado de oír mientras se asomaba a la ventana buscando una luz en la oscuridad de la noche.

—¡Ya te he oído! Que viene el chico —dijo Justino—. No se va a quedar en ese pueblo a dormir, tendrá que venir a dormir a su casa. Es lo normal, vamos, digo yo. Por cierto, no me has contestado a la pregunta que te acabo de hacer. Con la noticia de que viene el niño, no me has contestado.

—¿Qué pregunta me acabas de hacer? —dijo Brígida haciéndose la despistada.

—Claro, como estabas tan pendiente de si venía o no venía el niño, no me has escuchado —contestó Justino con un punto de celos, insistiendo en conocer la respuesta de Brígida, que, por otra parte, era la misma respuesta de siempre a esa misma pregunta.

—Pues esta mañana —contestó Brígida puesta en jarras frente a su marido—, después de almorzar contigo y con el niño, y una vez que os marchasteis lloviendo a mares camino del alfar, y con un frío que se helaban las palabras, pensé qué se podía hacer en un día como este. Así que lo primero que hice fue subir esas escaleras —señalándolas—, y una vez en el dormitorio, pensé qué se podía hacer en un dormitorio, aparte de dormir y estando sola de soledad, así que me dejé caer en la cama con la intención de echar una cabezadita, no sin antes cerrar la ventana y apagar la vela de la Virgen del Perpetuo Socorro, ya que la luz, como bien sabes, me desvela.

»Eran más de las doce de la mañana, y oí el sonido de una trompetilla, a lo lejos, que cada vez se iba acercando calle abajo hasta llegar debajo de nuestra ventana. Era el pregonero del pueblo, que no sé si porque estaba adormilada y no entendí qué era lo que decía, o porque él no supo leer el mensaje, o tal vez porque se trataba de una broma que le habían escrito en un papel, el caso fue que oí el pregón más raro que nunca había oído en el pueblo.

—¿Y qué decía el pregón? —preguntó intrigado Justino mientras iba cambiando el enfado por la curiosidad.

—Lo tuyo hoy son las preguntas —contestó Brígida.

—Bueno —dijo Justino—, sobre todo si lo que quiero saber tiene que ver con mi mujer. Pero dime, ¿qué decía el pregón?

Y con voz de falsete, Brígida se dispuso a imitar al pregonero.

—Decía... —Se hizo de rogar ante la desesperación de Justino, hasta que por fin empezó—: «Quien haya *encontrao* un saco con los trastos de amolar se le dará por el saco lo que sea regular».

—¿Y solo eso decía el pregón? —dijo Justino, defraudado.

—Pues sí, solo eso decía —respondió Brígida—. ¿Te parece poco?

—Pues sí, me parece poco —puntualizó él—. Y sin fuste.

—A mí me pareció demasiado —contestó Brígida—. Vamos, despertarme para esa tontería que ni siquiera entendí. Porque, ¿qué es eso de «los trastos de amolar», o esa grosería de que al que encuentre los trastos esos «se le dará por el saco lo que sea regular»? Ya le dije al pregonero después que me había despertado: «Métete la trompetilla por el culo, y no andes a estas horas de la mañana despertando a la gente con esas *tontás*». Pero claro, no era cosa de meterse en la cama de nuevo, así que ya no volví a acostarme, dejé la ventana abierta para ventilar la habitación y, después de tomar en la cocina un café con leche y unas magdalenas, subí de nuevo al dormitorio, hice la cama, me lavé la cara y volví a encender la vela a la Virgen del Perpetuo Socorro. Así que sin darme cuenta se me hizo la hora de comer. Salí a la calle para ver qué tiempo hacía y una de las vecinas me entretuvo contándome la historia de sus hijos, que por lo visto andan peleados por ver cuál de los dos hereda las tierras de sus padres, y eso que todavía no han muerto, así que la madre, la pobre, está hecha un mar de lágrimas pensando que para dos hijos que tienen, cualquier día se matan como gorrinos en una de esas peleas. Y ya le dije yo: «Si no tuvieras nada, como nosotros, no tendrían por qué pelearse». «Bueno», me dijo la vecina, «no digas que no tienes nada, tienes el tejar, y una furgoneta, sin contar el burro Careto, que en un apuro lo vendes en la feria de Zumaque y te dan un dinero. Aunque tu caso es diferente, que, como dicen los rojos, y llevan razón, la tierra debe ser para quien la trabaja. Y aunque no tengas tierras tienes el tejar, ¿y quién lo trabaja de vuestros dos hijos? Pues Carlos, porque tu hija durante el tiempo que vivió en vuestra casa nunca dio un palo al agua, así que no parece que tenga derecho a nada de lo que tu hijo se está ganando a pulso. Pero estos hijos míos... En fin, que no hay nada más doloroso para una madre que ver a sus hijos sin dirigirse la palabra, aun viviendo en la misma casa.»

—Y digo yo —dijo Justino—. A ti ¿qué coño te importa esa historia, para que tengas que perder las horas escuchando las penas de los demás? Bastantes penas tenemos nosotros con las nuestras.

—Ya lo creo —contestó Brígida, mientras rompía en un llanto incontenible, que siempre le resultó fácil.

Cuando sonó el claxon de la furgoneta de Carlos anunciando su llegada a casa, el llanto de Brígida se transformó en alegría.

La conversación entre los dos se interrumpió dejándola pendiente para el día siguiente. Carlos entró en la casa y, con aspecto cansado, se sentó frente a la chimenea y le contó a su padre el encuentro con el alcalde de El Olvido, mientras Brígida preparaba la cena. Después se fueron a dormir.

Las sábanas estaban frías y Brígida, como siempre, ocupó el lado derecho de la cama, aunque poco a poco fue acercándose a Justino, que ocupaba el otro lado, para recibir su calor, mientras desgranaba lentamente las cuentas del rosario que en una ocasión le había regalado el cura del pueblo con motivo de una excursión a Lourdes, acompañado de los enfermos y menesterosos de El Espejuelo, por si había para ellos algún milagro de curación para sus múltiples enfermedades, y cada noche rezaba sus oraciones desgranando sus cuentas con su habitual rutina, dejando escuchar un siseo monocorde, hasta que, poco a poco, como cada noche, era vencida por el sueño y el rosario terminaba naufragando en ese mar de algodón blanco de las sábanas, o enredado en los pies de alguno de los dos.

A veces, mientras Brígida rezaba, Justino daba vueltas en la cama intentando encontrar la postura para dormir, o quizá para evitar que Brígida cayera en ese sueño del que a veces no conseguía hacerse viva, y que le impidiera dedicar unos minutos a compartir su cuerpo y su alma con él.

Brígida, que conocía bien a su marido, y percibía el momento en que necesitaba de sus caricias, dejaba de rezar, ponía el rosario sobre la mesilla de noche y se entregaba sin palabras, como el cordero que se ofrece en sacrificio a la forma más primitiva del amor, sin la ternura que le habría gustado encontrar en sus caricias, y sin las palabras entrecortadas y tiernas que la habrían hecho estremecer durante el tiempo del abrazo y en el minuto sublime de tocar el cielo y escapársele el alma hasta caer al abismo infinito del placer, rendidos el uno junto al otro hasta que el amanecer los despertara.

Pero el amor no era protagonista en el corazón de Justino, que solo veía en ella el muro en donde estrellar sus iras y sus pasiones más bajas, carentes de toda sensibilidad, que Brígida soportaba sin rechistar en el momento que solo él elegía como el más oportuno, estuviera despierta, dormida o cuando, de rodillas, ante el cuadro de su Virgen del Perpetuo Socorro, rezaba por sus hijos y también por él.

«Hoy te casas con él para servirlo, quererlo y respetarlo todos los días de tu vida, y hacer lo que él te ordene en cada momento», recordaba las palabras que el cura, a modo de consejo, le dijo el día de su boda, hacía ya demasiados años. Y con esa sumisión a Justino, cada día se sentía menos esposa y más su cuidadora. Y él, cada día más agrandado, ordenaba y mandaba con una autoridad dictatorial que todos obedecían, aunque no todos, ya que la única rebelde fue Francisca, su hija.

La mañana amaneció gris, aunque la lluvia había remitido durante la noche y algunos claros en el cielo parecían querer regalar a ese día un poco de sol.

En la cocina, Brígida preparaba el desayuno mientras Justino y su hijo se turnaban junto a la palangana para lavarse las manos, los brazos, las axilas y el pecho, después frotarse la cabeza, peinarse y ponerse colonia barata, en un orden en asearse, como mandaban los cánones: en primer lugar el padre, mientras el hijo esperaba su turno sentado en el borde de la cama.

—¿Qué tal has dormido esta noche? —preguntó a

Carlos su padre—. Supongo que después del cansancio de tu viaje de ayer habrás dormido como una marmota.

—Sí —contestó Carlos.

Pero mentía. No pudo conciliar ese sueño de marmota porque se lo impidieron los resuellos de su padre, que ocupaba con Brígida la habitación de al lado, cuya violencia animal le hizo recordar a Carlos el ataque de una fiera contra su presa. A pesar de taparse la boca con la sábana, ella emitía unos lamentos sordos y dolorosos tratando de evitar que su hijo la oyera, hasta que la fiera, con un ronquido profundo, dio por terminado el ceremonial salvaje de una violación. Brígida se dio la vuelta, volvió a su rosario y, siseando sus oraciones, en unos minutos se quedó dormida, mientras su hijo sentía por sus padres el dolor del desamor.

Mientras Carlos se aseaba, su padre bajó a la cocina, en donde Brígida esperaba callada sus órdenes, tratando de mantener calientes las gachas avivando la lumbre con pequeñas ramitas de romero. Poco después bajó Carlos, y sin hablar, excepto para dar los buenos días, desayunaron. Luego aparejó a Careto y los dos, padre e hijo, emprendieron un día más el camino hacia el tejar.

11

Ese día Carlos trabajó con su padre y no visitó ni sirvió ninguno de los pedidos pendientes de los pueblos cercanos al tejar. Prefirió quedarse y esperar por si tenía alguna noticia del alcalde de El Olvido respecto a la visita del día anterior, pero en realidad lo que buscaba era el pretexto para volver al pueblo, encontrar la ocasión para ver a su hija y hablar con ella, aunque esa posibilidad fuera bastante remota, ya que el alcalde se le antojaba celoso y posesivo con ella, y no era de extrañar, dada la belleza de la chica y el atractivo que despertaba entre los hombres de toda la comarca, que al verla pasar la miraban con el deseo del que sueña alcanzar de un árbol la fruta prohibida. Por otra parte, Carlos pensaba en el enfrentamiento que pudiera suponer con el alcalde el hecho de intentar acercarse a su hija, lo que tal vez pusiera en peligro uno de los negocios más rentables de cuantos podría encontrar en aquella comarca. Pero no renunciaría a intentarlo, lo que implicaba buscar una ocasión, porque desde el momento en que la vio algo se alteró dentro de él, y ese sentimiento, a medida que pensaba en ella, acrecentaba el deseo de encontrarla en algún lugar. Por su parte, a ella le pareció entender también el mensaje en la mirada de Carlos, y esperó a que la furgoneta con el rótulo TEJAS DE BARRO pasara por su ventana para hacérselo saber con su saludo. Aquella noche, el sueño de Julia también estuvo ocupado en su recuerdo.

Desde el día de la reunión en el ayuntamiento, Julia se interesaba de una forma especial por el asunto de la restauración de los tejados y, con cierta frecuencia, se informaba por su padre, con respecto al interés o no de la gente del pueblo en cambiar sus tejados y poner las tejas de barro fabricadas por Carlos en su alfar.

Ante tal interés de su hija en un asunto del que normalmente se solían ocupar los hombres, y dado que el fantasma del alfarero flotaba en el aire, un día el alcalde le preguntó a Julita:

—Estoy sorprendido por tu interés en el asunto de los tejados, cuando estas cosas del urbanismo y la estética rural siempre te trajeron sin cuidado. ¿Puedo saber a qué se debe?

Julia enrojeció como una amapola cuando comprendió que su padre buceaba por su interior para descubrir los motivos de tal interés.

—¿No será que tiene algo que ver en esta curiosidad tuya el alfarero?

—¿Por qué me dice usted eso, padre? —preguntó Julia con un toque mal disimulado de cinismo.

—Por qué me dice usted eso, por qué me dice usted eso —respondió el alcalde con un toque de burla a la pregunta de su hija—. Porque soy tu padre, y aunque no te he parido, como ha hecho tu madre, te conozco tanto como ella, y sé que ese joven te ha mirado de una forma especial, y que tú te has ruborizado sabiéndote observada por él aun sin palabras. Y tengo una curiosidad. En alguna de sus contadas visitas al pueblo, ¿os habíais cruzado por la calle en algún momento?, ¿os habíais saludado aunque fuera brevemente? Porque solo con una mirada…

—No, padre, nunca nos hemos saludado, aunque sí nos cruzamos un día por la plaza y él se me quedó mirando, y hasta creo que me dijo algo que no escuché.

—Sería algún piropo, pero eso es normal en un hombre cuando ve pasar frente a él a alguien con tu belleza —dijo su padre—. Eso también me ocurrió a mí cuando, siendo joven, vi pasar a tu madre. Era tan hermosa como tú, y creo que, aunque yo tampoco lo recuerdo, le dije algo que ella, tímida como era, no llegó a escuchar. Solo me regaló una sonrisa leve que me atrapó para siempre. Y con respecto a cómo van las cosas de los tejados, descuida, yo te tendré informada de todo. Puedo adelantarte que entre los vecinos del pueblo ha creado un cierto interés, y que, más pronto que tarde, Carlos tendrá que volver al pueblo para recibir los primeros pedidos.

Julia sonrió a su padre, y este le correspondió con un abrazo camino de casa.

—La comida se estará quedando fría —dijo él.

Al llegar a su casa, y tal como había advertido la mujer del alcalde, la comida de tanta espera se había quedado fría, y ante la imagen tan desangelada de aquella sopa de cocido, de todo punto incomible, y la mirada todavía más fría de su mujer, el alcalde pidió unos huevos fritos con patatas a lo pobre.

—¿Cómo que patatas a lo pobre? ¿Tú sabes lo que se

tarda en hacer patatas a lo pobre, por muy pobres que sean? —contestó la mujer—. Pues sí, ya ves, como para ponerme a freír patatas ahora estoy yo. Y además, es la hora de la novela en la radio y no me la pienso perder.

—No tenemos ninguna prisa, ¿verdad, Julia? —dijo el alcalde.

—¿Y qué se supone que debo hacer con el cocido?, porque no solo se ha quedado como un témpano de hielo la sopa, sino que los garbanzos se podrían usar como balas en el frente, y no digamos la carne de pollo, la morcilla, el chorizo de la matanza del cerdo y el tocino. ¿Alguien puede contestarme qué puedo hacer con todo esto? —Señaló la olla, fría y abandonada a su suerte encima de la mesa.

El alcalde miraba cómplice a su hija fingiendo una pizca de compasión por su mujer, mientras esta esperaba una respuesta convincente a tal desprecio por algo tan sagrado como las cosas de comer, con las que, dicen, no se juega.

—Bueno, mujer, no es para tanto. Todo tiene arreglo menos quedarse sin comer, y para eso hay una solución tan fácil como acercar la olla al fuego de la chimenea unos minutos hasta que ese engrudo se vuelva comestible de nuevo, y aquí no pasó nada. Y entretanto, Julita nos puede hablar de algo que le viene rondando y que la trae, o eso me parece a mí, por la calle de la amargura.

La mujer, que haciendo caso a su marido en ese momento acercaba la olla a la lumbre, al oír lo de su hija dio un respingo y la olla, con la sopa, los garbanzos, la carne de pollo, el chorizo de la matanza del cerdo y el tocino, se convirtió en unos segundos en pasto de las llamas, ¡y qué llamas!, que para eso el cocido estaba bien condimentado de grasa.

Las mejillas de Julita enrojecieron ante el aprieto en el que acababa de ponerla su padre, pues su madre, con la mirada puesta en su hija y un interrogante por cuál sería el suceso que la acontecía, esperaba que alguien se lo desvelara.

—¿Qué te pasa, hija, qué te ocurre?

—Nada, madre —contestó Julia.

La olla fue engullida por las llamas sin posibilidad de rescate, y al alcalde, ante tal escena, le dio la risa floja y estuvo a punto de la asfixia.

Después de la tempestad llegó la calma en un silencio largo, solo roto por el crepitar de los garbanzos en el interior de la olla, mientras se convertían en bolitas de carbón. Los tres se miraron sin atreverse a romper el hielo. Finalmente la madre, dirigiéndose a Julita, le preguntó:

—¿Qué es eso que, según tu padre, te trae por la calle de la amargura?

—Nada, madre, nada importante —dijo poniéndose roja como la muleta de un torero.

El alcalde abandonó su mutismo para ayudar a salir de aquel aprieto a su hija.

—¿Recuerdas cuando tú y yo nos conocimos? —le preguntó a su mujer, que hacía la cuenta de los años...

—Claro que me acuerdo —contestó ella, sin saber a qué venía aquella pregunta—. ¿Y eso qué tiene que ver con Julita?

—Puede ser que nada, y puede ser que mucho —respondió enigmático el alcalde, creando en su mujer una especie de ansiedad mal disimulada.

Julita estaba de pie frente al fuego de la chimenea para justificar el rojo de sus mejillas, esperando la explicación de su padre, mientras su madre trataba de acelerar el proceso de aquel misterio que no llegaba nunca a desvelarse, por si se perdía la novela que emitían en la radio.

—¿Y recuerdas que solo nos bastó una mirada para saber que entre nosotros había nacido algo, que sin quererlo ni buscarlo se metió en nuestra vida, en nuestros sueños, y nos trajo durante algún tiempo a los dos por la calle de la amargura? —dijo el padre—. Bueno, pues eso.

—Pues eso ¿qué? —preguntó inquieta la mujer, que poco a poco iba hilando la madeja esperando llegar por fin a descubrir el ovillo.

—Pues que a nuestra hija, a Julita, creo que le está pasando algo parecido a lo que nos pasó a nosotros. —El alcalde respiró hondo y esperó la pregunta inevitable de su mujer.

—¿Y quién es él? ¿Lo conocemos nosotros? ¿Es de nuestro pueblo? —La mujer estaba en ascuas por descubrir su identidad.

—Pues no, el chico no es de este pueblo pero, dada la frecuencia con la que viene últimamente, no me extrañaría que cualquier día nos solicite el empadronamiento.

—¡No! —dijo la mujer, incrédula, sospechando del hombre de quien se trataba—. No será...

—Sí —contestó el alcalde mientras Julita salía a tomar el aire a la calle.

—¿El alfarero? —preguntó la mujer, simplemente por confirmar su sospecha.

—Se llama Carlos, y es un joven trabajador, educado y ambicioso en lo que a su futuro se refiere. Además, parece un chico de ciudad en la forma de vestir y de comportarse, y por otra parte, aquí en nuestro pueblo no hay ningún mozo que merezca la más mínima atención por parte de nuestra Julita. Y ya va estando en edad de relacionarse con algún joven; no sería ninguna locura que fuese con Carlos, el alfarero. En fin, esta conversación no tiene más fundamento que una simple mirada entre la niña y ese joven, pues ni siquiera, tal como me contó Julita, se han cruzado una sola palabra.

—Bueno —contestó la mujer del alcalde, que ya calmada, después del sobresalto y la quema del cocido, recuperó la razón y decidió cocinar, tal como su marido le había pedido, unos huevos fritos con patatas a lo pobre, lo que suponía esperar el tiempo suficiente para que las patatas estuvieran doraditas y los huevos con puntillas, tal como le gustaban a él.

—Y a partir de ahora —sentenció el alcalde—, esta conversación no la hemos tenido. Julita no me ha dicho nada sobre sus sentimientos respecto al alfarero, y todo debe seguir como estaba para no interferir en su posible relación en un futuro, ni tampoco en lo más importante para él y para el pueblo, como es la renovación de todos los tejados, lo que lo haría rico y, en consecuencia, un buen partido para Julita. ¿Qué te parece?

La mujer asintió sin aportar ningún entusiasmo al cuento de la lechera que acababa de reinventar su marido, cuando entró Julita, que después de tomar el aire en la calle volvió algo más serena y aliviada del sofoco.

Durante el tiempo que duró el monólogo del alcalde y la escueta respuesta de su mujer, esta había frito con verdadera maestría las patatas y los huevos con puntillas. Julita, recién incorporada a la cocina, sin comentario alguno preparó la mesa, a la que se sentaron los tres a comer, mientras los gatos merodeaban por debajo esperando, como el pobre Lázaro en el banquete del rico epulón, las migajas de pan que como una lluvia benefactora cayeran al suelo. Alguien pasó por la calle canturreando una canción con aires flamencos, mientras el sol, dado el retraso de la comida en la casa del alcalde, proyectaba ya en el exterior la sombra alargada de un árbol.

12

Entre Justino y Brígida había quedado interrumpida una conversación el día anterior, con la llegada de su hijo procedente de El Olvido, en el momento en que Justino recriminaba a su mujer el hecho de meterse en la vida de su vecina y escuchar sus penas. «Bastantes penas tenemos nosotros», le había dicho su marido, a lo que Brígida contestó rompiendo a llorar.

La mañana siguiente, después de almorzar, Justino le dijo a Carlos, su hijo:

—Vete al alfar y adelanta el trabajo de hoy. Yo llegaré un poco más tarde. Esta noche he dormido mal y estoy un poco cansado. Tomaré un café con tu madre y no tardaré en llegar. Apareja al Careto, que hoy lo utilizaré yo. Estas piernas mías… están empezando a cansarse, y prefiero andar el camino a lomos del burro, contemplando el paisaje de Vallehondo desde su grupa. Tú, que tienes las piernas más listas, hoy tendrás que ir al tejar a pie.

Mientras Carlos dejaba la casa, después de haber preparado a Careto como quería su padre, emprendió a pie el camino al alfar. Justino invitó a Brígida a tomar asiento frente a la chimenea. Era urgente una conversación, continuando la que Brígida interrumpió el día anterior con un llanto incontenible.

—¿Por qué te pusiste a llorar? —preguntó Justino—. Aquel comentario mío solo era una forma de hablar, aunque la verdad es que en nuestro matrimonio hay más penas que alegrías. Y a medida que nos hacemos mayores, más soledad.

Brígida escuchaba a su marido dirigiendo al vacío su mirada triste, sin saber por dónde empezar a contarle el motivo de su tristeza, callado durante unos días por temor a una respuesta violenta de Justino, mientras unas lágrimas se asomaban a sus ojos como pidiendo perdón por su silencio.

—¡Vamos, deja de lloriquear y cuéntame qué pasa! —exigió Justino dando un puñetazo en la mesa de la cocina, que asustó a su mujer y espantó a los gatos que dormían sobre la placa de hierro al calor de la chimenea, mientras su corazón se aceleraba buscando fuerzas para contestar.

—Se trata de Francisca —contestó Brígida en un murmullo casi inaudible.

—¿Por qué no hablas más fuerte? No te oigo —dijo Justino tratando de ablandar su carácter y hacer más fácil la conversación.

—Se trata de Francisca —repitió Brígida esforzándose por hacerse oír.

—¿Francisca? ¿Nuestra hija Francisca? ¿Pero vive todavía? —contestó Justino con un rosario de preguntas irónicamente dolorosas—. Creí que ya la habíamos dado por muerta después de tanto tiempo sin noticias suyas. O quizá quiera contarnos que el viaje lo hizo bien, que llegó bien, que el trabajo le fue bien, que le gustó tanto la ciudad que se llegó a olvidar de este pueblo de mierda, aburrido y miserable, que los rostros de su madre, de su padre y de su hermano se le empiezan a borrar, y que ha encontrado el amor y que es feliz. ¿Se trata de eso? ¿Por fin ha decidido escribirnos, pasado un siglo, para contarnos todo eso?

Brígida lo escuchaba mientras sentía el peso de quien

ha callado algo que debería haber compartido con su marido.

—No se trata de eso. Ni hace tanto tiempo que escribió una carta.

—¿Que ha escrito una carta? ¿Cuándo ha escrito una carta, que yo no me he enterado?

—Hace solo unos días —contestó Brígida, decidida a contar toda la verdad que hasta ese día había callado, mientras Justino clavaba su mirada incrédula en los ojos de su mujer esperando la respuesta, que, a juzgar por la cara de ella, algo con tintes de dramatismo esperaba escuchar.

—Algo muy grave te ha debido de contar tu hija en esa carta para poner esa cara —dijo Justino al observar la expresión, mezcla de miedo y vergüenza, reflejada en el rostro de Brígida.

—Nuestra hija, Justino. Nuestra hija.

—Para mí dejó de serlo el día en que desapareció de nuestra casa sin dar señales de vida durante tanto tiempo.

—No digas eso —respondió Brígida—. Ella nos quiere, y tú la quieres también, como su hermano y como yo, y yo que te conozco bien, sé que has llorado a escondidas preguntándote por qué la despediste aquel día con un grito de «No vuelvas nunca más», y sé que has deseado mil veces hacer retroceder las agujas del reloj hasta llegar al minuto de volver a abrazarla, como si eso que te atormenta cada día no hubiera sucedido. Pero ella también tiene su dignidad y se ha ganado su independencia con su trabajo, y ha respetado tu deseo de no volver a pisar tu casa ni comunicarse con nosotros, hasta hacerte pensar, como has dicho más de una vez, si habría muerto.

—¿Tú no lo llegaste a pensar alguna vez ante un silencio tan prolongado?

—No —contestó Brígida—. Durante todo este tiempo he sabido de ella a través de Ruperta, la madre de Carmen, que como sabes eran muy buenas amigas y hablaba de Francisca en sus cartas.

—¿Y fuiste capaz de no decirme nada?

—Sí —respondió cortante Brígida—. Nunca me preguntaste por ella, como si Francisca hubiera dejado de existir para ti. Simplemente porque un día, como tantos jóvenes, quiso volar sola aun a riesgo de estrellarse. Es cierto que era muy joven, y sus alas no eran fuertes.

—Que no te preguntara por ella no era precisamente porque no la recordara, sino por no hacerte sufrir —dijo Justino mientras se humedecían sus ojos—. La verdad es que en muchas ocasiones, recordándola, he pensado que fui demasiado duro con ella, y que mi castigo ha sido su silencio. Así que, ¿por fin ha escrito?

—Sí, ha escrito una carta en respuesta a la que yo le escribí a su amiga Carmen, y que a través de ella ha llegado a manos de Francisca. Me dice que nos recuerda a todos cada día.

—¿También a mí? —preguntó Justino ansiando una respuesta positiva.

—También a ti —contestó en un tono recriminatorio Brígida—. A ella le ha resultado más fácil perdonarte, y comprender tu preocupación a la hora de marcharse en ese tren sin tu aprobación, y reconoce que era demasiado joven y demasiado confiada, y que la vida te ha dado la razón.

—Espero que la trate bien, tanto en el trabajo como en el amor, y que un día la veamos felizmente casada y con hijos que nos llamen «abuelos». ¿Te imaginas?

—Sí —contestó Brígida con una expresión triste en la mirada.

—¿Y qué más dice en su carta? —preguntó Justino al ver que tras la expresión de Brígida se escondía algo que todavía no le había dicho a su marido.

Brígida dejó de andarse por las ramas y fue al verdadero contenido de la carta de Francisca, expectante ante la respuesta de Justino.

—Pues que necesita vernos, hablar con nosotros y pedirnos la ayuda que dice no merecer, pero que en este momento necesita de nosotros, sus padres.

—¿Y de qué ayuda habla? —preguntó intrigado Justino—. Parece que lo normal no es que los hijos ya adultos y con un puesto de trabajo, y por tanto un futuro más o menos resuelto, pidan ayuda a sus padres, que van envejeciendo. Pero ¿qué espera que hagamos por ella? ¿Tú lo sabes?

Brígida sabía perfectamente qué tipo de ayuda solicitaba con cierta urgencia su hija.

—Francisca está embarazada —dijo Brígida con una expresión de disponibilidad a la ayuda solicitada por su hija, esperando, esta vez sí, los brazos abiertos de Justino para, juntos, hacer frente a lo que la vida les presentaba y que exigía su máxima prueba de amor.

—¿Embarazada? —dijo Justino como si fuese la última noticia que esperaba oír—. ¿Embarazada, dices? ¿Y quién es el padre?, si se puede saber.

—En su carta no habla del padre —contestó Brígida—. Solo habla del niño que viene, de su soledad mientras lo espera y de la incompatibilidad que supondrá para el trabajo, así como su cuidado, una vez que nazca.

Ante esa noticia, la expresión de Justino fue de desconcierto, pensando lo que eso supondría para la familia. La honra herida expuesta a las críticas más crueles e hirientes por parte de todos los vecinos del pueblo, para los que lo cometido por su hija sería considerado la mayor deshonra y motivo suficiente para repudiarla. Pero era su hija. La misma que había acunado en sus brazos cuando era una niña. La misma que un día quiso demostrar a sus padres que ya era fuerte para afrontar la vida y dejar de ser una carga para la familia con tan escasos medios económicos. Y mientras rescataba sus recuerdos, guardaba un silencio oscuro tratando de serenarse antes de seguir con su doloroso interrogatorio a Brígida, su mujer. Un tiempo que a ella se le hizo eterno buscando una palabra que calmara el estado de ánimo de Justino antes de volver a escuchar su voz.

—Sabía que algo así sucedería dejándola marchar —dijo Justino con la amargura de quien ha visto cumplirse sus previsiones en la persona a la que más quería, su hija Francisca—. ¿Y de cuántos meses está? —preguntó con un nudo en la garganta y una expresión de tristeza en la mirada.

—Es una buena chica —dijo Brígida tratando de encontrar unas palabras de consuelo para su marido.

—¿Buena chica…? ¿Buena chica? —contestó con su tono más serio y fijando su mirada en Brígida. Una mirada a punto de un llanto contenido.

—Sí, Justino. Una buena chica. Y muy valiente.

—¿Valiente? —Justino no encontraba tal virtud en Francisca después de su comportamiento.

—Sí. Muy valiente. Hacer frente a un embarazo en sus circunstancias, y asumirlo con la responsabilidad de quien desea seguir adelante hasta el final, es síntoma de madurez, y de una gran responsabilidad.

—¿Responsabilidad? ¿Le llamas «responsabilidad» al hecho de dejarse engañar por alguien, cuyo único deseo es poseer la belleza de una pobre chica de pueblo? ¿Consentir eso es propio de alguien con un mínimo de responsabilidad?

—Consentir eso —dijo Brígida— es una debilidad en la que cualquiera, a la edad de Francisca, puede caer. Acuérdate de nosotros cuando fuimos jóvenes. Podría haber elegido no seguir adelante con ese embarazo, como hacen muchas mujeres para evitar ser señaladas con el dedo. Y sin embargo ella, nuestra Francisca, ha demostrado ser responsable de sus actos. Ha madurado sola, como ella quería. Sobre todo, con una prueba tan dura como es la de enfrentarse a ser madre.

Los argumentos de Brígida poco a poco iban consiguiendo que la tensión en el rostro de Justino se fuera suavizando. Y volviendo a la pregunta, aún sin contestar por Brígida, sobre cuánto tiempo llevaba Francisca su embarazo.

—Dice que va para tres meses —contestó su mujer.

Justino escuchaba a Brígida mientras, con su gesto más serio, imaginaba a su hija angustiada esperando su respuesta, disimulando su embarazo por miedo a perder el empleo. Un secreto guardado, cada vez con más sigilo, hasta para su amiga Carmen, con la que se encontraría el próximo jueves, durante su cita programada tras su conversación telefónica, en la que Carmen anticipaba a Francisca el contenido de la carta de su madre, en la que le rogaba alguna noticia sobre su hija, simplemente para saber que se encontraba bien después de tan prolongado silencio.

Francisca no esperó a encontrarse con su amiga para escribir la carta que su madre recibió en El Espejuelo, como una lluvia benefactora para su alma, y que se dispuso a leer a Justino, su padre, con la sorprendente noticia de su embarazo. Una noticia que le partía el alma imaginando el mundo al que llegaría aquel niño, marcado para siempre por ser el hijo de una mujer soltera, algo censurado en aquella sociedad intolerante e hipócrita.

Y después de su monólogo interior, de imágenes que le herían el alma y le presentaban en un primer plano la cara de su hija, su mirada suplicante y su necesidad de ayuda, Justino finalmente habló, mientras Brígida con el alma en vilo esperaba su respuesta.

—Hoy, sin pérdida de tiempo —dijo emocionado—, tú, que sabes escribir mejor que yo, vas a contestar a la carta de Francisca. Le vas a decir que la puerta que un día se cerró por la tozudez de su padre, hoy, después de pedirle perdón, la encontrará abierta de par en par para recibir a los dos y permanecerá abierta para siempre.

Que si ese niño no fuera reconocido por su padre, aquí, en esta casa, hay demasiado silencio. Y que hace falta un nieto para alegrar la vida a estos dos abuelos. Un niño que juegue en la calle de tierra, que corra escaleras arriba y escaleras abajo, que aprenda a cabalgar sobre el lomo del Careto y que aprenda el oficio de alfarero de manos de su tío Carlos y de su abuelo. Que cuando venga ocupará la alcoba en donde nació su madre y que nosotros lo criaremos con todo el cariño, porque como dice un refrán: «En la mesa de san Francisco, donde comen cuatro comen cinco». Y dile que la quiero tanto como tú y como Carlos, su hermano. Que justifique su ausencia en el trabajo por un tiempo con cualquier pretexto, y una vez haya nacido el niño que tome el primer tren y haga ese camino de regreso a casa, que la estaremos esperando, y que tenemos prisa por conocer a nuestro nieto.

Brígida escuchaba a Justino y descubrió en sus palabras los sentimientos más nobles que nunca le había escuchado, y la ternura que nunca le había demostrado a ella. Entonces se levantó de la silla de anea en la que se encontraba sentada y, acercándose a él, lo besó mientras él le tendía los brazos.

—¡Vamos a ser abuelos! —dijo él, emocionado.

—¡Vamos a ser abuelos!

Los dos se abrazaron —algo inusual— y en la calle empezó a llover.

13

Aquel jueves de la cita con su amiga, Francisca dejó el hotel del mar para pasar su día libre en compañía de Carmen. El cielo amaneció de un color plomizo. En el paseo marítimo solo unos pocos deportistas corrían para fortalecer sus músculos, y algunos niños competían conduciendo sus bicicletas mientras sus padres, cubiertos en las terrazas acristaladas de los pequeños restaurantes que bordeaban el paseo, tomaban café y los observaban en su carrera por el suelo de baldosas rojas hasta llegar a la meta, y animándolos, cada vez que los niños pasaban frente a ellos, a ser los ganadores indiscutibles de aquella carrera, cuyo premio consistía en una bolsa de chuches y una Coca-Cola.

En el mar, un grupo de niños tomaba las primeras lecciones de navegación en sus diminutos veleros, conservando una estricta disciplina en el manejo de las velas a las órdenes implacables de unos monitores que, a una mínima orden, hacían virar a los barcos como si se tratara de un pequeño ejército perfectamente disciplinado, y dispuesto a luchar contra viento y marea en aquel mar, que aquella mañana disfrutaba de una calma chicha que hacía mínimamente peligrosa aquella travesía.

Francisca caminó hasta el final de aquel paseo, dejando a su derecha la playa y más lejos el mar. El sol apenas se asomaba por entre las nubes, proyectando sombras caprichosas sobre el paseo y las terrazas vacías, que en días de sol estarían llenas de visitantes tomando café mientras las cocinas de los bares vomitarían el humo por sus chimeneas con olor a calamares, gambas y arroz, que servirían en sus mesas a la hora de comer. Pero esa mañana todas estaban vacías. El único sonido que se escuchaba en el paseo marítimo eran los zapatos de Francisca al impactar sobre las baldosas de cemento rojo en busca de Carmen, quien a lo lejos, marcando el final del camino limitado por unos huertos y un cartel de PROHIBIDO EL PASO A PASEANTES, hizo un gesto levantando los brazos al ver acercarse a Francisca.

Y allí, una vez se encontraron, se saludaron con un abrazo más largo de lo habitual y tomaron asiento en un banco de cemento que limitaba el paseo marítimo con la playa.

—Aquí tengo la carta que me escribió tu madre —dijo Carmen sacando un sobre de su bolso.

—Ya le contesté —dijo Francisca—. Después de lo que me dijiste por teléfono, no pude esperar hasta hoy para conocer la totalidad del texto. Solo entendí que deseaban saber de mí, y eso es lo único que, desde que me fui de casa, quería escuchar. Así que al día siguiente de tu llamada escribí la primera carta a mi familia; una carta que necesitaba escribirles. En primer lugar para pedirles perdón por mi actitud de venganza hacia mi padre, por su despedida prohibiéndome volver a casa, y en segundo lugar para comunicarles un secreto que ni siquiera me he atrevido a compartir contigo, y que ellos, mi familia, han conocido a través de mi carta.

—¿Un secreto? —preguntó Carmen—. Nunca hemos tenido un secreto entre nosotras. ¿De qué se trata?

Unas gaviotas cruzaron la playa en un vuelo rasante, disputándose un pescado que una de ellas llevaba colgando del pico.

—Sí —dijo Francisca—. Un secreto que hoy vuelvo a pedirte que me guardes por un tiempo.

Carmen esperaba impaciente la declaración de su amiga, pensando que, fuera lo que fuese lo que Francisca le contara, por su parte sería guardado con el máximo celo siempre que ella, Francisca, se lo pidiera.

El sol apareció entre unas nubes alumbrando con una luz amarillenta la arena de la playa, y unos chicos llegaron dispuestos a jugar una partida de voleibol, lo que obligó a las dos amigas a sentarse en un lugar más apartado donde no ser molestadas por los gritos de los jugadores. Buscaron una mesa en la primera terraza que encontraron en uno de los bares casi vacío del paseo marítimo, y pidieron un café mientras reanudaban la conversación.

—Cuéntame qué te ocurre —empezó Carmen—. Sea lo que sea. Y si necesitas mi ayuda cuenta con ella, como siempre.

—Gracias —dijo Francisca, nerviosa—. La verdad es que no sé por dónde empezar.

—¿Se trata del trabajo en el hotel? —trató de adivinar Carmen.

—¿Por qué me lo preguntas? —contestó Francisca, como si su amiga hubiera acertado en la diana.

—Simplemente porque, aparte del hotel, no conozco otro lugar en esta ciudad por donde te muevas. Ahí está todo tu mundo, sin contar el que compartes conmigo los días en que libramos y buscamos un poco de diversión. ¿O existe otro ambiente que frecuentes y que yo no conozca?

—No, no es eso.

—¿Entonces? —preguntó Carmen.

—Sería largo de explicar, así que trataré de hacerlo con el mínimo de palabras posible.

La expresión en el rostro de Francisca se tornó seria, como para decir algo de lo que sentía una necesidad imperiosa por liberarse, y con la esperanza de que su amiga entendiera la situación por la estaba pasando y la ayudara en un momento tan importante y trascendente.

—¿Qué te ocurre? —preguntó Carmen, alarmada ante la expresión de desespero en el rostro de su amiga, que poco a poco iba palideciendo como si se encontrara enferma.

Francisca la miró a los ojos mientras derramaba la primera lágrima de las muchas que le quedarían por derramar en ese futuro que hoy empezaba a contar en el reloj de sus acontecimientos, para los que buscaba desesperadamente una solución.

—¿Quieres que te pida una infusión de valeriana? —preguntó Carmen, tratando de que Francisca se tranquilizara y le contara por fin eso que tanto le preocupaba.

—No, gracias. A veces siento estos mareos, pero se me pasan enseguida.

—¿Mareos? —preguntó Carmen convencida de que su amiga estaba teniendo un problema de salud y venía a ella en solicitud de ayuda—. Te llevaré de inmediato a un médico.

—Estoy embarazada —dijo Francisca a la vez que se acariciaba el vientre.

—¿Embarazada?

—Sí.

—¿Y quién es el padre?

—Antes de contestar a tu pregunta debo pedirte que sea un secreto entre las dos y que nunca se lo revelarás a nadie. ¿Puedes prometérmelo?

Mientras Carmen escuchaba la noticia más inesperada que acababa de darle Francisca y pensaba si podría callar para siempre eso que su amiga le había desvelado, tendió los brazos hacia ella y al oído, muy despacio, con el mar como único testigo, le juró que nunca despegaría sus labios, con la única condición de que su amiga le desvelara el nombre del padre de aquella criatura que en unos meses nacería.

—Nacerá, ¿verdad? —preguntó Carmen.

—¡Por supuesto que nacerá! Aunque sea el único gesto de generosidad que haga en mi vida.

—¿Y quién podría impedírtelo siendo tú la madre?

—Es una buena pregunta para una respuesta cruel —contestó Francisca dejando escapar una lágrima—. Pero somos dos a opinar sobre si este niño debe nacer o no.

—¿Y quién es el otro?

—Él. —Francisca evitó el nombre del padre.

—¿Le conozco?

—Tú me lo presentaste. ¿Recuerdas?

Carmen no necesitó hacer un ejercicio de memoria para saber de quién se trataba.

—Sí, lo conozco. Aunque hoy lo conozco un poco más. Y me arrepiento de habértelo presentado. Siento haberlo hecho. Aunque, después de conocerlo durante años y observar su comportamiento siempre respetuoso con las chicas que trabajaban en el hotel, nunca habría imaginado que esto pudiera suceder, y precisamente con mi amiga. Es cierto que cuando os presenté, te miró de una forma muy especial. Es verdad que eres demasiado hermosa y capaz, caso de proponértelo, de volver loco a cualquier hombre, aunque demasiado tímida y provinciana para esos juegos a los que, ni de lejos, sabías jugar.

—Su comportamiento conmigo fue siempre respetuoso —comentó Francisca—. Quizá más de lo que una chica recién llegada de un pueblo podía esperar, sobre todo viniendo de un hombre tan importante y educado, y aunque algo más mayor que la media de las chicas que trabajamos en el hotel, gozaba de un gran atractivo, con una mirada que intimidaba a cualquiera de nosotras. A veces llamaba a mi habitación simplemente para preguntar cómo me encontraba y si me resultaba fácil la convivencia con mis compañeras, o si me sentía a gusto en mi trabajo. Y siempre, al llegar o al despedirse de mí, me besaba en la mejilla, cosa que al principio me intimidaba mucho aunque con el tiempo terminé acostumbrándome, incluso llegué a observar que cada vez se demoraba más en esos besos, consciente de que también yo empezaba a acostumbrarme a ellos. A veces, al marcharse de esas visitas a mi habitación, cada vez más frecuentes, me miraba fijamente antes de cerrar la puerta, y con una sonrisa me decía: «Qué pena ser tan hermosa y estar tan sola». Lo que yo interpretaba como un cumplido, al que también me acostumbré pensando que esa frase se la diría a todas. Era un hombre casado, y con hijos adolescentes y una buena relación de respeto entre la familia, con la que vivía en un edificio adosado al hotel, y eso no daba lugar a pensar en otra cosa que no fuera amabilidad, me refiero al hecho de tratarnos de forma tan cercana.

—Lo que me cuentas concuerda exactamente con la imagen que yo siempre tuve de Javier —dijo Carmen—. Siempre respetuoso, simpático y dedicado por entero a su trabajo. ¿Entonces?

—Una noche —siguió contando Francisca—, mientras tomaba una ducha después de mi jornada de trabajo y me disponía a bajar al comedor a tomar algo de cenar, alguien llamó a la puerta de mi habitación. Eran las nueve de la noche. No era una hora muy habitual en la que recibir a nadie, pero ante la insistencia de la llamada en mi puerta salí de la ducha y me puse una bata, pensando que se trataba de alguna de mis compañeras que compartían conmigo la planta alta del hotel.

»Abrí la puerta mientras me frotaba con una toalla el pelo para evitar resbalar en el suelo recién mojado. Era él.

»—Disculpa —dijo—. No sabía que estabas ocupada.

»Le hice pasar y cerré la puerta. Sentí vergüenza al sentirme casi desnuda frente a él y me disculpé por mi aspecto tan inadecuado para recibir visitas, y menos a esas horas de la noche. Por un momento me sentí como una de esas chicas que habitualmente recibían a los marineros de los que Javier me había hablado en nuestro primer encuentro.

»—Hola —dijo mirándome a los ojos y me dio un beso en los labios, que con un gran esfuerzo de voluntad traté de evitar sin conseguirlo. Verdaderamente era un hombre muy atractivo—. Pienso que mi visita no ha sido muy oportuna. Lo siento —añadió y se sentó en la silla.

»Mientras yo me envolvía en la bata tratando de ocultar mi desnudez en la medida de lo posible sentada en el borde de la cama.

—No importa —contesté.

»Sentí que la voz me temblaba y las fuerzas me abandonaban frente a ese hombre por el que con el tiempo había ido sintiendo algo tan especial como osado. ¿Qué sentido tendría, pensaba yo, que una empleada como tantas de las que trabajaban en aquel hotel, dedicara un solo minuto en esperar de aquel hombre ni siquiera una mirada amable, y mucho menos que una noche se presentara en mi habitación pidiéndome disculpas por si me había molestado su visita?

»Sin embargo, ese hombre estaba frente a mí buscando una mirada tierna que le diera el motivo para hablar de algo más profundo que una simple conversación de trabajo. ¿Se estaría enamorando de mí? Yo, por mi parte, sentía el deseo irresistible y prohibido de lanzarme en sus brazos, mientras él lo esperaba con el mismo deseo que yo. ¿O él no esperaba esa respuesta mía?

»Pero su mirada adivinó mis pensamientos. Se levantó de la silla desde la que me observaba y se acercó al borde de la cama donde yo estaba sentada tratando de evitar ser tan transparente en mis pensamientos. Entonces vino hacia mí. Al sentarse a mi lado, el suave roce de su cuerpo con el mío despertó en mí una sensación hasta entonces desconocida, y mientras él, delicadamente, sin hablar, desabrochaba los botones de mi bata, yo me sentí flotando entregada en el beso más dulce que nadie me había dado. Un beso en la boca, muy distinto al que habitualmente me daba en la mejilla. Me quedé paralizada sin saber qué decir, mientras él me desnudaba con una mirada de deseo infinito empujándome suavemente hacia el centro de la cama, y yo no opuse la más mínima resistencia, como si me encontrara dirigida por una fuerza superior, hasta entonces desconocida, incapaz de decidir nada. Simplemente me dejé llevar hasta lo más alto de las nubes en un vuelo ingrávido, durante un tiempo breve y de una intensidad infinita, atrapada entre sus brazos, desnudos los dos y sin palabras.

»—Lo siento —dijo después—. Mi deseo ha sido finalmente más fuerte que mi voluntad. Eres muy hermosa, Francisca. Y yo, un viejo sediento de amor intentando tomar el último tren que me lleve, quizá en su último vagón, a la felicidad. Tú, querida Francisca, hoy lo has conseguido.

»Luego se levantó. Se vistió. Cubrió de nuevo mi cuerpo desnudo con mi bata, y, apagado el fuego, me besó en los labios y me dejó en el aire una pregunta: "¿Será cierto o solo ha sido un sueño?". Después me levanté, me duché de nuevo y me vestí para, como cada noche, bajar a cenar.

»Esa noche pensé en mi madre, y en silencio le pedí perdón por lo que acababa de hacer. Siempre, desde mi adolescencia, me advirtió que eso que había hecho aquella noche era para ella el mayor de los pecados, la deshonra de la familia siendo una mujer soltera. Pensé en mi padre y en mi hermano, y a todo lo ocurrido esa noche buscaba una justificación. "Ha ocurrido una sola vez", pensé. Y me prometía que nunca más caería en la trampa de un hombre que tal vez finge una caricia para después lanzarse sobre su presa y atraparla entre sus garras. Pero al momento pensaba: "Javier es un hombre bueno. Creo que estará arrepentido y nunca volverá a molestarme". Aunque realmente no me molestó. Más bien todo lo contrario, nunca había vivido un minuto tan intenso de felicidad, y eso no podía ser tan malo. Pensé: "¿Me estaré enamorando de Javier?". Claro que eso sí que sería desear tocar un cielo que ya pertenece a otra mujer, siendo como es un hombre casado. Eso sí que sería para mis padres un pecado imperdonable propio de una... "¡No, nunca seré una puta! —pensé—. ¡Nunca seré una puta!" Y mientras amanecía me dormí.

—¿Y se lo has contado a tus padres? —preguntó Carmen, ansiosa por saber, y en caso de habérselo contado cuál había sido su respuesta.

—Sí —contestó Francisca—. En cuanto me hablaste de su carta dirigida a ti, y antes de esta cita, les escribí contándoles todo lo que me estaba pasando, temiendo ser rechazada para siempre, con la puerta de su casa cerrada para no dejarme entrar nunca más, sobre todo por parte de mi padre, después de aquella despedida que ya conoces.

—¿Y te han contestado?

—Sí —dijo Francisca con una chispa de alegría en su mirada—. Me dicen que en cuanto nazca el niño quieren que vuelva con él a El Espejuelo. Que están deseando conocerlo, y que aquella puerta que se cerró para mí aquel día, está abierta de par en par para que entre siempre que lo desee. Que me quieren, que desean abrazarme, y que necesitan a ese niño corriendo por su casa para no sentirse tan solos…

En ese momento, la emoción se apoderó de Francisca y se echó a llorar de felicidad abrazando a su amiga, que compartió su alegría con ella.

Mientras Francisca contaba a Carmen la historia de su encuentro con Javier y la respuesta de sus padres, el sol descendía hacia el oeste y un airecillo fresco movía una de las banderas que indicaban en la playa el estado de la mar, para información de algún bañista intrépido que, aun fuera de temporada, intentara tomar un baño.

—Nunca me contaste nada —dijo con cierta tristeza Carmen.

—Solo fue una vez —se justificó Francisca—. Nunca pensé que aquel minuto de placer fuera a pasarme esta factura... —dijo mientras se acariciaba el vientre—. Aunque lo he ocultado con cuidado. Pero ya son tres meses, y no podré hacerlo durante mucho tiempo más.

—¿Y qué piensas hacer? —preguntó su amiga intuyendo que en la respuesta ella tendría algo que decir.

—Por eso he venido a verte —contestó Francisca—. Eres mi amiga y sé que me ayudarás.

—¿Pedimos algo de comer? —preguntó Carmen tomándose un respiro—. Llevamos todo el día hablando, y el camarero nos mira con cara de mala leche. Solo hemos tomado un café y una Coca-Cola durante todo el tiempo que llevamos ocupando esta mesa. ¿Qué quieres tomar?

—Cualquier cosilla —respondió en tono de humor Francisca, que empezaba a relajarse después de compartir su secreto con su amiga—. Una paella con mariscos y un vaso de vino —dijo riéndose—. Así nos servirá de cena, dadas las horas que son.

—Pues yo unos calamares fritos, unas gambas al ajillo con mucho picante, unas patatas bravas... una cerveza...

—¿Y de postre? —siguió bromeando Francisca.

—Pues, ya puestas, una crema catalana y un cortado.

—Yo lo mismo. Ya puestas...

Y llamaron al camarero, que con cara de pocos amigos tomó nota y se marchó hacia la cocina.

—¿Qué quieres de mí? —preguntó Carmen una vez terminada la cena, mientras por el horizonte del mar asomaba la luna.

—Un trabajo —contestó Francisca con un acento de apremio.

—¿Un trabajo? ¿Y el hotel?

—Debo irme. Él quiere que aborte, como condición para que yo siga trabajando en su hotel. De seguir allí, sería un escándalo, y un total deterioro para su imagen de hombre serio y cuidadoso de su negocio y amante de su familia. Él dice que correría con todos los gastos y nadie sabría nada de lo nuestro. Pero, como ya te he dicho, este ángel que llevo aquí —volviendo a acariciar su vientre— vivirá, y algún día, si lo desea, conocerá quién es su padre. Como ves, debo irme del hotel y encontrar un trabajo. Al menos durante los meses que tarde en nacer. Después, lo llevaré a El Espejuelo porque el deseo de mis padres es hacerse cargo de él, y crecerá entre los niños del pueblo, y será feliz como lo fuimos mi hermano y yo. Y mientras crece y va a la escuela, le inventaremos un padre marinero que un día se fue a la mar y todavía no ha regresado. Y cuando sea mayor lo tendré conmigo para siempre.

Según Francisca contaba sus planes a Carmen, esta dejaba caer una lágrima prometiéndole que al día siguiente buscaría un empleo para ella.

La noche cayó definitivamente sobre la playa. El camarero que les había servido la cena les urgió a abandonar la mesa, ya que debía recoger las sillas y cerrar el restaurante.

Las dos se fueron caminando sin prisa por el paseo marítimo. Francisca al hotel, esperando que su estancia allí fuera breve, para tranquilidad del dueño, en tanto buscaba otro trabajo. Carmen a la casa en la que trabajaba, y que desde hacía ya muchos años consideraba como suya.

No pasaron muchos días antes de que sonara el teléfono en la planta del hotel en la que trabajaba Francisca.

—¿Francisca, por favor? —dijo al teléfono la voz de Carmen.

—Un momento —respondió una de las empleadas—. ¿Quién la llama?

—Dígale que una amiga. Ella ya sabe quién soy.

Un ruido de carros, aspiradoras y la voz desagradable de la gobernanta llamando al orden a alguna de las chicas se colaba en el teléfono, mientras Carmen esperaba al otro lado de la línea la voz de Francisca.

—Hola. ¿Quién es?

—Hola, Francisca —contestó Carmen, y su voz auguraba una buena noticia—. ¿Cómo te encuentras?

—Bien, esperando tu llamada —respondió la joven—. ¿Y tú?

—Pues aquí me tienes —añadió Carmen—. Para contarte que encontré un matrimonio mayor, sin hijos, que necesitan con urgencia una persona para que les acompañe y se ocupe de la casa, ya que ellos, a su edad, encuentran cierta dificultad para cualquier cosa que no sea dar un paseo por la playa, tomar el aperitivo en uno de los bares del puerto y regresar a casa pronto antes de que refresque, sabiendo que en su ausencia alguien preparará la comida, arreglará la casa y pondrá alpiste y agua a su canario, que es el único que les alegra la vida. Les he hablado de ti, omitiendo lo del embarazo. Ya tendrán tiempo de enterarse.

»La casa es pequeña, por lo que no tendrás mucho trabajo, ya que consta de salón, comedor con una terraza al mar, cocina y dos dormitorios, cada uno con su cuarto de baño, uno que ocupa actualmente el matrimonio y el otro que ocuparías tú, caso de interesarte la oferta.

Mientras Francisca escuchaba a su amiga, su mirada se iba alegrando y le vino a la memoria una frase acuñada por su madre desde siempre: «Dios aprieta pero no ahoga», aunque el autor de tal frase se pierde en la noche de los tiempos.

—¡Gracias, amiga, muchas gracias! Sabía que lo harías.

Y su voz se quebró y rompió a llorar, esperando serenarse para reanudar en un minuto la conversación con Carmen.

Esa misma semana, sin despedirse, al amanecer, salió del hotel portando su bolsa de tela estampada de flores con anillas de madera con su escaso equipaje. Tomó un taxi en la parada más próxima, recogió a Carmen, que esperaba en la puerta de la casa en donde trabajaba, y las dos se dirigieron a la casa del matrimonio, que ya la esperaba.

Después del saludo, le mostraron la casa en la que Francisca viviría sirviendo a aquella pareja, atendiendo las necesidades del canario y esperando en paz y en secreto la llegada del pequeño, que los dueños de la casa irían descubriendo a medida que Francisca fuera engordando con los meses, y el niño, haciéndose presente, a veces pataleaba perceptiblemente con sus pies el vientre de Francisca, provocando en ella una sonrisa cómplice.

Los dueños de la casa, que como si se tratara de una hija evitaban a Francisca cualquier esfuerzo, vivían su embarazo como el que el matrimonio soñó durante años sin conseguir el fruto de un hijo, y esperando el día de ver a ese niño que llegaba al mundo en su casa, para el que instalaron una cuna en la habitación de Francisca, procurándole los cuidados que un recién nacido necesitaría para ser atendido y amamantado por su madre en sus primeros meses de lactancia.

Y el día llegó. Y en la casa en donde trabajaba su amiga, a las tres de la madrugada sonó el teléfono. Y Carmen, tratando de evitar que la familia se despertara a una hora tan intempestiva («no sé por qué los niños eligen esas horas tan inoportunas de la madrugada para venir al mundo»), antes de terminar la primera llamada saltó de la cama, tomó el auricular y con voz queda preguntó, sabiendo que se trataba de Francisca:

—¡Dime, dime!

Una voz débil contestó al otro lado del teléfono:

—Soy yo…

—Ya sé que eres tú. ¿Qué ocurre?

—Creo que estoy de parto —contestó Francisca—. Necesito tu ayuda. Busca a una partera porque creo que este chico tiene prisa por llegar a este perro mundo que le espera.

—Es maravilloso, Francisca. Es maravilloso —dijo eufórica su amiga Carmen al otro lado del teléfono, mientras la familia en donde trabajaba, sobresaltada, pensando que se trataría de una mala noticia al ser despertados con tal escandalera, preguntó a Carmen qué ocurría—. Mi amiga está de parto. Debo ir con ella. Es maravilloso, maravilloso. —Y concluyó con Francisca su conversación—: Enseguida voy para allá con una partera de confianza, que ha atendido los partos de mi señora y sabe muy bien su oficio. ¿Verdad, señora?

—Claro, claro —contestó la señora—. Váyase rápido, ande. Que su amiga la necesita.

—Gracias, señora —dijo atropelladamente Carmen, y desapareció.

En casa de Francisca, el matrimonio de ancianos, con el oído pegado a la puerta del dormitorio de Francisca, escucharon que estaba de parto y entraron dispuestos a ayudarla en todo lo que fuera necesario. Ella los abrazó mientras pensaba en sus padres, que muy lejos, en El Espejuelo, seguían haciendo las cuentas de los días en los que, según la carta de Francisca, debería nacer el pequeño.

Y de pronto...

—¿Qué me está pasando? —preguntó Francisca mientras emitía un suspiro profundo y una queja producida por el dolor.

—Nada grave —contestó la mujer, que estaba junto a ella, mientras el marido ponía sobre su frente un pañuelo para secarle el sudor—. Es algo normal. Estás rompiendo aguas. Pronto llegará el niño.

El timbre de la puerta sonó insistente rompiendo el silencio de la escalera y alertando a los vecinos, que, asomados en las puertas de sus casas, protestaban por el ruido en una casa decente como era aquella, a semejantes horas.

El marido abrió la puerta.

—Buenas noches —saludó Carmen, que, acompañada por la partera, preguntó—: ¿Dónde está Francisca?

—Por aquí. Síganme. —En realidad, el recorrido desde la puerta de la casa al dormitorio donde se encontraba Francisca no excedía de seis metros—. Qué malos son los nervios.

—¿Cómo está la parturienta? —quiso saber Carmen.

Mientras, la partera se ponía manos a la obra.

—¡Agua! Toallas…

El niño, a modo de saludo, empezó a enseñar la cabeza. Carmen ponía su mano sobre la frente de su amiga. Francisca obedecía a la partera en todas sus órdenes y, entre dolor y dolor, encontraba el momento de sonreír a su amiga como una forma de agradecimiento, mientras el hombre iba de la habitación a la cocina y de la cocina a la habitación acarreando agua para lavar al niño en cuanto naciera.

Y de una vez, el niño nació.

Francisca lo tomó entre sus brazos. Trató de encontrarle algún parecido. El niño se parecía a un ángel.

Para Francisca, ese día fue el más feliz de su vida, y a la vez el más triste por no poder compartirlo con sus padres y con su hermano Carlos. Aunque unos meses después conocerían al niño en su primer viaje a El Espejuelo.

Poco a poco, bajo los cuidados del matrimonio hacia Francisca y las muestras de ternura al niño, el tiempo fue pasando y la vida volvió a la normalidad. Francisca se fue incorporando al trabajo de la casa compaginándolo con los cuidados del niño, que crecía rápido y fuerte convertido en el gran protagonista de la casa.

14

Las noticias del alcalde se hacían esperar mientras Carlos, el joven alfarero, perdía la paciencia pensando si no habría despertado el interés de los vecinos por sus tejas de barro, lo que le producía una cierta inquietud, entre otras cosas porque, de no haber noticias, cómo justificaría una visita a su pueblo, y de no hacerlo, cómo provocar el encuentro con Julita, la hija del alcalde, que desde el primer día que la vio no paraba de pensar en ella. Se dio un plazo de una semana más hasta ver la respuesta o la no respuesta del alcalde, pasado el cual iría al pueblo para ver qué habían decidido los vecinos.

La semana se le hizo interminable al joven alfarero, que para calmar su inquietud trabajó sin pausa en el tejar junto a su padre acarreando agua desde el manantial a lomo de Careto hasta llenar la poza, transportando la tierra con una carretilla para, una vez mezclada con el agua, bailar con todas sus ganas hasta conseguir amasar el barro y dejarlo en reposo hasta el próximo día para seguir fabricando las tejas que, con suerte, un día cubrirían los tejados del pueblo del alcalde. A veces pensaba si Julia habría contado a su padre su encuentro, tan breve como intenso, durante el cual, sin hablar, los dos sintieron algo que nunca antes habían sentido, y que hubiera creado un conflicto que pudiera afectar a su relación y diera al traste con el negocio que tenían pendiente de resolver. Así que, cansado de hacer conjeturas que le andaban quitando el sueño, y fiel al plazo que él mismo se había impuesto, una mañana se montó en la furgoneta y puso rumbo hacia El Olvido, y por un momento dejó de importarle la aceptación o no del negocio porque lo que ahora se había convertido en su mayor anhelo era volver a encontrarse con Julia sin esconder ese sentimiento que deseaba gritar y que, estaba seguro, compartía con él la hija del alcalde.

El día era esplendoroso. Las lluvias empezaban a remitir, y animado por el encuentro con Julia pisó más de lo permitido el acelerador hasta que se encontró con un rebaño de ovejas que cruzaba la carretera, una contrariedad que el joven alfarero decidió aceptar por aquello de la cortesía y el respeto debido a los animales. Trescientas cabezas, contadas una a una desde la cabina de su vehículo: «Trescientas ovejas...». Ovejas vulgares y ásperas como la grama, capaces de soportar las peores condiciones de intemperie; ovejas sin pedigrí, ni churras ni merinas, lo que las adornaría de un prestigio reconocido como razas protegidas y valoradas por sus peculiaridades especiales: la calidad de su carne y la leche con la que elaborar uno de los mejores quesos, o el lechazo asado, un verdadero manjar, caso de las churras, cuya descendencia se remonta a la época de los colonizadores españoles y su contacto con los indios navajos.

Y no digamos las merinas, cuya lana es la más suave de todas, y tan valoradas que su raza, introducida en España posiblemente durante la dominación musulmana, se extendió por toda Europa y hasta Australia, y tal era su importancia que, para facilitar su trashumancia, trazaron cañadas reales para circular de un lado a otro con prioridad absoluta. En fin, unas ovejas con auténtica categoría que no admiten comparación con esas que, sin previo aviso, se lanzan a interrumpir cualquier camino cortando el tráfico sin el más mínimo respeto —como es el caso— al pobre alfarero, que a punto estuvo de caer vencido por el sueño sobre el volante de su furgoneta intentando contabilizar la totalidad del rebaño que, como colofón al desfile, dio paso a un perro pequeño negro (a pesar de ser blanco el verdadero color de su pelo) y poniendo el broche de oro al desfile con el pastor, cerrando la comitiva, que al pasar por delante de la furgoneta miró al alfarero con una mirada torcida y una sonrisilla maliciosa como diciendo: «Jódete, que yo he *cruzao* primero». Después, sobre una alfombra bien tupida de cagarrutas que las ovejas, gratuitamente, habían ido sembrando a lo largo de su itinerario, y que los labradores solían utilizar como abono para sus huertos, aparte de las garrapatas y demás ácaros que esas pobres ovejas vulgares y tristes estaban obligadas a soportar estoicamente durante todos los días de su vida, que no es decir poco, el alfarero pudo continuar su camino a El Olvido, adonde se dirigía.

Era cerca del mediodía cuando llegaba al pueblo. Junto a un miliario que indicaba el paso por aquellas tierras de una antigua calzada romana, un almendro florecido indicaba la proximidad de la primavera, mientras unas cabras ansiosas, encaramadas sobre el árbol, mutilaban brutalmente sus brotes más tiernos.

Al entrar por la única calle que conducía a la plaza del ayuntamiento, la primera mirada del alfarero fue dirigida hacia los tejados, comprobando que desde su anterior visita nada había cambiado; su aspecto seguía siendo el mismo, los más humildes con sus tejados de chapa, oxidados después de las lluvias de un invierno de siglos y su aspecto miserable, o los tejados pertenecientes a las mejores casas, incluida la iglesia, con sus tejas de barro lavadas por la misma lluvia, con su aspecto de recién fabricadas, y que denotaba claramente la nobleza del dueño de aquellos tejados.

Lentamente, la furgoneta se dirigió hacia el ayuntamiento, en cuyo trayecto se cruzó con algunos de los vecinos del pueblo que al reconocer al ceramista, y por el rótulo de su furgoneta, TEJAS DE BARRO, cambiaron de inmediato su rumbo y decidieron seguirlo como si de un nuevo flautista de Hamelín se tratara. Tres niños jugaban con un balón en la plaza y una mujer llenaba su cántaro de agua en la fuente de los dos caños cuando el ceramista descendió de la cabina del vehículo, y directamente, después de saludar a los que lo habían seguido, entró en el ayuntamiento para ir en busca del alcalde.

Subió las escaleras y llegó al rellano. Frente a él, colgados en la pared, Francisco Franco a la izquierda, el Cristo crucificado en el centro y a la derecha José Antonio Primo de Rivera, que como viejos conocidos del alfarero recibieron su saludo, mientras tomaba el pasillo largo que le llevaría al despacho del alcalde. Al llegar sintió un hormigueo en el estómago al dudar sobre la oportunidad o no de su visita al alcalde sin previo aviso temiendo no resultar grata. Pero estaba decidido a cualquier cosa con tal de descubrir la reacción del alcalde a su presencia en su despacho, así como a cualquier referencia de este hacia el tema de su posible relación con su hija. En ese momento el negocio de los tejados, que originalmente le había llevado hasta el pueblo, pasó a ser secundario.

Entonces, como si lo estuviera esperando, la puerta del despacho se abrió por la mano enérgica del alcalde, que con una sonrisa de oreja a oreja, lo que dio cierto respiro a las dudas del ceramista, lo saludó tendiéndole la mano como si de alguien muy cercano se tratara.

—Pero qué sorpresa, Carlos —dijo el alcalde sin dejar de apretarle la mano con un afecto que al alfarero, intimidado ante tal efusividad, no dejaba de sorprenderlo.

—Bueno —contestó el joven mientras se sentía observado en cada gesto, en cada movimiento y en cada expresión por el alcalde, como si ese encuentro fuera el sometimiento a un tercer grado—. Creo que debería haber avisado de mi visita y que me precipité en venir a verle, por lo que le pido disculpas, pero…

—Nada, nada de peros —le interrumpió el alcalde—. Precisamente estaba esperando a que aclarara un poco el tiempo para no hacerte venir por estas carreteras de Dios, que con las lluvias se convierten cada año en un auténtico lodazal. Y como parece que el sol empieza a hacer su aparición en estos días, estaba pensando avisarte para seguir hablando del tema que estabas esperando.

—Claro —dijo, sin saber a cuál de los dos temas que él esperaba tratar se refería el alcalde. Y para no equivocarse, lo dejó hablar y dar pie a la conversación en la que él debería participar.

—Bueno, tengo buenas noticias para ti. Y también para Julia, mi hija —dijo el alcalde, mientras la cara del alfarero se ponía roja como un pimiento.

—¿Su hija? —contestó con cara de sorpresa y un mal disimulado estado de nervios—. ¿Qué pasa con su hija?

—Decidió tomar el toro por los cuernos aprovechando la entrada en materia por parte del alcalde.

—Pues pasa que últimamente, desde tu visita al pueblo y tu encuentro con los hombres para hablar sobre el cambio de las tejas en los tejados, a Julita le entró curiosidad por el asunto y se ha interesado mucho, hasta tal punto que se tomó como algo personal lo de cambiar la estética del pueblo, y ha ido convenciendo uno a uno a todos los vecinos, y a sus mujeres, para que en cuanto llegue la primavera acometan las obras de renovar sus tejados.

Carlos no daba crédito a lo que el alcalde le estaba contando.

—Y como ves —siguió el alcalde—, el tiempo ya está mejorando y los almendros empiezan a florecer en el campo; la primavera está llegando a nuestro pueblo, y eso ya sabes lo que quiere decir.

—Claro —repitió el alfarero—. Que habrá que pensar en el comienzo de las obras en cuanto se formalicen los pedidos de material por parte de los vecinos.

Entonces el alcalde abrió el cajón de su mesa de des-

Una casa hasta entonces silenciosa y ahora llena de alegría. Como también alguna que otra noche en vela por los llantos del niño, que revolucionaban la casa y tenían al matrimonio preocupado por cuál sería el motivo de semejante llanto. Pero pronto se acostumbraron y volvieron a recuperar el sueño, aceptando que todos los niños lloran por razones que los mayores entienden con el tiempo: un dolor de tripa, una acumulación de gases... Vete tú a saber.

pacho, que en otro tiempo, según le explicó, era una mesa tocinera, usada como altar de sacrificios para la matanza del cerdo, algo que celebraban en cada casa por la época de invierno para asegurarse los embutidos, los jamones, las morcillas y todo lo que aportaba el cerdo para la supervivencia durante un año. Era la ceremonia de la matanza, un acontecimiento que, a pesar de lo cruento, se convertía en una fiesta para los niños. De hecho, el alcalde quiso recuperarla para el ayuntamiento, y la utilizaba en su despacho como objeto de uno de sus mejores recuerdos de infancia.

El cerdo era puesto sobre la mesa en un puro grito, después de haber sido acuchillado en la yugular mientras que su sangre manaba a borbotones del cuello del animal, y era recogida en un barreño colocado en el suelo al lado de la mesa. Una mujer, con el brazo remangado hasta el hombro, daba vueltas con la mano a la sangre para evitar su coagulación. Después, una vez muerto el animal y desangrado, era cubierto con cañas de centeno a modo de albarda, se prendía fuego y le quemaban los pelos hasta dejarlo depilado, lavado y limpio antes de colgarlo de un clavo del techo del portal de la casa para, posteriormente, despiezarlo.

Mientras daba una explicación de lo más exhaustiva sobre la historia de su mesa de despacho, el alcalde sostenía en su mano derecha una carpeta azul atada con una goma, cuyo contenido el alfarero ardía en deseos de descubrir.

—Bien —dijo el alcalde poniendo la carpeta sobre la mesa dispuesto a desvelar su interior—. Esta es la buena noticia que tenía que anunciarte y que, como te dije, también incluye a Julita, mi hija... —De nuevo la cara del joven alfarero se congestionó de forma alarmante—. Ya que de alguna manera ha participado en que se produzca.

—¿Y qué es eso en lo que ha participado Julia? ¿Y cuál es esa buena noticia que tenía que anunciarme y que también le afecta a ella?

En ese momento, la expresión del joven alfarero cambió radicalmente y se tornó seria, pensando que estaba siendo objeto de un juego por parte del alcalde, y sospechaba cuáles eran sus cartas, esas que no acababa de desvelar, y cuyo juego le empezaba a molestar.

—No te pongas tan serio, hombre —dijo el alcalde en un tono conciliador—. Te gusta, ¿no?

—¿Qué cosa? —contestó lívido el ceramista temiendo

la siguiente pregunta del alcalde, que seguía teniendo la carpeta a medio abrir sobre la mesa.

—No me refiero a ninguna cosa, sino a ella —dijo el alcalde en un tono cada vez más cercano.

—¿A ella? —dijo temiéndose el final del interrogatorio por parte del alcalde—. ¿Se refiere a…?

—Sí —contestó el alcalde—. Me refiero a ella. Desde el primer día que llegaste al pueblo anda en un mundo raro, se cambia de vestido cada hora, se asoma a la ventana que da a la carretera para ver quién llega, se pinta los labios, se despinta, se vuelve a pintar, sale a la calle y camina sola como si el mundo se hubiera parado y solo hubiera quedado ella…

—¿Eso hace? —preguntó rebosante de orgullo el alfarero—. ¿Y por qué cree que hace esas cosas?

—Pues no lo sé, pero quizá lo sepas tú —respondió el alcalde esperando su respuesta—. Tú sabrás lo que has hablado con ella en alguna de tus visitas al pueblo, aunque esa pregunta se la hice yo el día en que la sorprendí diciéndote adiós desde la ventana del salón de nuestra casa, cuando salías del pueblo con tu furgoneta.

—¿Y qué le contestó? —preguntó el alfarero, pensando que aquella conversación iba por el buen camino.

—Me dijo que nunca se había parado en la calle para hablar contigo —contestó el alcalde—. Que solo se habían cruzado vuestras miradas en algún encuentro casual por la calle, pero que no os habíais dicho nada.

—Es cierto que nos hemos cruzado en algún momento, aunque a veces no tan casual. Pero también es cierto que en ninguno de esos encuentros nos dijimos nada, al menos con palabras.

—¿Qué quieres decir? —preguntó el alcalde, que se estaba perdiendo algo de más calado en la conversación con el alfarero, cuyo misterio no llegaba a descifrar.

—Quiero decir que no siempre son necesarias las palabras si eres capaz de escuchar la voz del corazón.

Fue el alcalde quien se quedó entonces sin palabras ante la respuesta inesperada y, desde luego, sorprendente del alfarero, y en ese momento recordó la conversación con su hija, en la que, después de escucharla y conocer sus sentimientos acerca del joven, en cuyos encuentros habían existido solo las miradas con las que se lo dijeron todo, él le confesó el paralelismo con su propia historia vivida con su mujer y madre de su hija, con la que desde hacía tantos años había sido tan feliz, simplemente por haber escuchado en aquel momento de conocerla las palabras de su corazón.

El alfarero respetó el silencio al que se sometió el alcalde antes de hablar. El sol se encontraba ya en el centro del cielo y quedaban cosas importantes de las que hablar, pero eso sería más tarde.

Alguien llamó con los nudillos a la puerta del despacho.

—¿Padre? —Era la voz de Julia—. Que dice madre que está preparada la comida.

—Enseguida vamos —contestó el alcalde desde dentro, mientras el corazón de Carlos aceleró su ritmo al escuchar la voz de Julia.

«¿Vamos?», se preguntó ella mientras volvía a su casa sintiendo que su corazón, como el de Carlos, se alteraba ante la inminencia del encuentro con el joven alfarero, ese que se vestía como los jóvenes de ciudad y tenía modales de buena educación.

Su madre la llamó para poner la mesa. Pero ella no escuchaba sus gritos, una vez más solo escuchaba los de su corazón, diciéndole que solo en unos minutos más empezaría para ella, como lo fue para sus padres, el principio de una larga historia de amor.

La comida transcurrió entre miradas tímidas, palabras entrecortadas, frases tópicas como el estado del tiempo y cosas intrascendentes para justificar un encuentro tan improvisado entre el alfarero y la familia de Julita, que le recibió con la calidez y el respeto debido a un invitado, aunque en el caso del ceramista el invitado era especial, tanto para Julita como para el padre, que veía en el joven un futuro para su hija, y que comenzaba esa misma tarde cuando, después de la comida, el alcalde pidió al ceramista que le acompañara de nuevo al ayuntamiento, ya que tenía algo que mostrarle referente a la buena noticia que le había anunciado en su entrevista de la mañana.

El joven ceramista acompañó al alcalde después de despedirse de su familia y agradecer su invitación, que en el futuro se convertiría en habitual.

Sobre la mesa del despacho, atada con su goma, permanecía la carpeta azul que el alcalde no había tenido tiempo de abrir, dada la urgencia con que Julita le avisó para comer, y que guardaba un cuaderno cuadriculado de los que los niños usaban en la escuela.

—Esta es la buena noticia —dijo el alcalde mostrándole el cuaderno al alfarero, que sin sospechar qué contenía y a qué venía tanto misterio lo abrió por la primera hoja, y en el centro de la página, con letra de mujer, alguien había escrito: «Proyecto de mejora estética de El Olvido».

El ceramista sonrió brevemente mientras el alcalde le urgía a pasar la hoja para descubrir el verdadero contenido del cuaderno.

En orden alfabético, a lo largo de cada página, figuraban cada uno de los vecinos del pueblo con su correspondiente firma de aceptación de las condiciones impuestas por el ceramista sobre el precio de las tejas y su correspondiente obra de demolición de lo viejo, descombrado e instalación del nuevo tejado.

El ceramista trataba de disimular la satisfacción ante cada nuevo proyecto aceptado por los vecinos hasta completar el cuaderno, lo que suponía instalar sus tejas en cada una de las casas del pueblo, el tiempo de trabajo asegurado y el beneficio económico que aquello supondría para la economía familiar, restando el tres por ciento de la comisión exigida por el alcalde.

Julita había escrito aquel cuaderno dedicando todas las horas de los días transcurridos desde la llegada del alfarero aquel día de lluvia hasta terminar su registro, ahora en que la primavera hacía su aparición. Aquel cuaderno estaba impregnado de un perfume a flores silvestres y a tinta fresca contenida en el tintero de loza que el alcalde, con su antigua pluma, usaba para sus firmas, y que hacía años descansaba sobre su mesa junto a un rodillo de papel secante.

—Y ahora, a trabajar. —El alcalde le propinó unos golpes con sus manos encallecidas en la espalda a manera de abrazo y le entregó la carpeta que guardaba el cuaderno cuadriculado con los encargos conseguidos y registrados por Julita y su perfume de flores—. Vuelve pronto —dijo mientras el ceramista salía del ayuntamiento, arrancaba la furgoneta y tomaba el camino hacia el alfar.

15

Cansado de atravesar la noche bajo la lluvia, el pequeño tren de madera saludó al amanecer al llegar a El Espejuelo con un silbido poco habitual, como si ese día transportara algún pasajero especial y hubiera que anunciar su llegada. Las calles del pueblo a esa hora estaban desiertas. Solo el cartero aguardaba en un rincón de la cantina tomándose su café de costumbre. El tren llegó a la estación con sus dos únicos pasajeros a bordo. Carlos esperaba en el andén el encuentro con su hermana. El cartero, en una maniobra mecánica, recogió la saca del correo y, frotándose las manos por el frío intenso, desapareció de la estación mientras de un vagón, cerca de la locomotora, descendía lenta, como si fuera portadora de una carga delicada, Francisca, llevando entre sus brazos su regalo del cielo. Miró a su hermano, y con esa mirada le dijo todo lo que en mucho tiempo había deseado decirle. Después de un abrazo que duró siglos, Carlos tomó su bolsa de viaje con dibujos de flores y asas de madera y ella, con su hijo en brazos, arropándolo para protegerlo del frío de la mañana, se encaminó hacia la casa de sus padres por la calle de tierra, silenciosa y vacía del pueblo, en donde, como si de una orden municipal se tratara, nadie salió para verlos pasar. Sus padres los esperaban con la chimenea encendida.

Ya cerca de su casa, un grito desgarrado, mezcla de amor y de rabia incontenida que provenía de la ventana de los claveles rojos, impulsado por la fuerza de su alma dijo:

—¡Hija mía! ¡Hija mía!

Era la voz de Brígida, la madre de Francisca, que, como si de un eco se tratara, recibió de inmediato su respuesta gritada:

—¡Madre! ¡Madre!

Los gorriones, espantados, salieron volando de sus nidos construidos en los aleros de las casas encaladas, y el niño, asustado, empezó a llorar. Algunos vecinos ante tanto alboroto asomaron sus cabezas, aún soñolientas, por las ventanas de sus dormitorios, mientras Justino, el padre de Francisca, esperaba su llegada sentado frente al fuego en la cocina, ensayando las palabras más tiernas que jamás había pronunciado con las que recibir a su hija y a su nieto. Y guardando en su alma el dolor que el tiempo poco a poco iría curando, por las circunstancias en las que había llegado al mundo ese niño.

Cuando Francisca acompañada por su hermano llegó a la casa de sus padres, encontró la puerta abierta de par en par, y en el portal, sin poder contener la emoción, abrazó a sus padres. Una vez dentro, cerraron la puerta de la calle para compartir ese momento en la máxima intimidad con su hija mientras se abrazaban sin palabras, como si hubieran pasado siglos sin verse.

Junto a la chimenea, una antigua cuna de madera que en otro tiempo había sido usada por Francisca y posteriormente por Carlos, su hermano, esperaba alojar al pequeño.

—Déjame que lo vea —dijo Justino a su hija, y tomó al niño entre sus manos grandes y sus brazos fuertes.

Y mientras lo miraba, tan libre de culpa, tan frágil e indefenso, tan inocente, pensó que no era justo que fuera a estar marcado para siempre, como lo estaría Francisca, su hija, a la vista de los vecinos del pueblo, por el hecho de haber afrontado valientemente el compromiso de traer al mundo a ese niño.

—Tómalo, padre —contestó tímida Francisca con un gesto de culpabilidad, que su padre trató de borrar de sus ojos con un beso.

—Es muy hermoso —dijo Justino, mientras Brígida le urgía a robárselo de los brazos a su marido para ponerlo en la cuna junto al fuego—. ¿Y cómo se llamará este niño? —preguntó el padre con un soniquete en la voz a modo de cancioncilla, mientras acariciaba suavemente los mofletes del pequeño al que ya empezaba a querer.

—Se llamará Justino, como su abuelo —contestó Francisca sin dudarlo. A su padre, sin poderlo evitar, se le escapó una lágrima.

—¡Así que Justino! —dijo entre dientes el padre tratando de disimular la emoción, mientras Brígida se dispuso a preparar en la cocina una comida como las que solía hacer los días de fiesta. A fin de cuentas, como si se tratara del hijo pródigo, su hija había vuelto a casa. Y aunque a Justino no le resultó fácil aquel encuentro, algo superior al resentimiento emergió desde el rincón más tierno de su corazón.

Carlos, su hermano, acompañó a Francisca a la habitación que habían compartido durante su infancia y parte de su adolescencia, hasta que su hermana se sintió mayor de edad y decidió volar para posarse como una gaviota desorientada en una ciudad de mar en donde trabajar, ser libre, enamorarse... y ser víctima de ese hombre sin escrúpulos, fruto del cual había nacido el pequeño, al que una vez bautizado le llamarían Justi.

Durante los días que Francisca permaneciera en su casa, su hermano dormiría en la banca de madera situada en un lateral de la cocina al lado de la chimenea, el lugar preferido de su madre para dormir la siesta al calor de la lumbre después de comer. El reencuentro de los dos hermanos supuso hallar la pieza extraviada con la que completar el puzle. La familia. Al menos durante el tiempo que Francisca permaneciera en casa de sus padres aprendiendo de Brígida cómo criar a un niño.

La noticia de la llegada de Francisca al pueblo con un niño en brazos corrió como un reguero de pólvora, mientras ella permanecía en su casa en una clausura elegida tratando de eludir preguntas malintencionadas, y aprendiendo de sus padres cómo cuidar a su hijo, pues de eso sabía mucho Brígida.

Poco a poco, Justino dejó de preguntarse: «¿Por qué ha tenido que pasarnos esto a nosotros?». La respuesta la encontraba cada vez que miraba al niño, y cuando este un día le llamó «abuelo».

Y tal como llegó, una mañana, Francisca, con un abrazo largo y emocionado, se despidió de sus padres, del pequeño Justi y de su hermano, que la acompañó a la estación. Ya en el tren, y en el único vagón de mercancías en el que había llegado, ocupó uno de los asientos. Las últimas palabras dirigidas a su hermano desde la ventanilla al arrancar el tren fueron:

—Cuidádmelo bien.

Su aliento quedó impreso en el cristal de aquella ventanilla. ¿O eran lágrimas?

Días después de la marcha de Francisca, una mañana soleada, una mujer de edad avanzada empujaba un cochecito de niño paseando por las calles de El Espejuelo con la felicidad dibujada en su rostro. Era Brígida, que esa mañana había decidido pasear a Justi, su nieto, y presumir de su recién estrenado título de abuela.

A su regreso del pueblo, donde había llevado al niño a la casa de sus padres, para ser atendido por ellos, la primera llamada telefónica de Francisca fue para su amiga Carmen, que en los momentos más difíciles durante el embarazo y hasta el mismo día del parto había estado dispuesta para ayudarla.

—Hola, Carmen —dijo Francisca con una voz todavía débil por el viaje.

—Hola, Francisca —contestó su amiga, y se interesó por su estado de salud después de un viaje de tantos kilómetros con un niño pequeño en brazos, sufriendo la incomodidad de esos asientos de madera y ese continuo traqueteo del tren durante tantas horas.

—Me encuentro bien.

—Y el niño, ¿cómo está?

—Estando al cuidado de mi madre no tengo la menor duda de que se encontrará mucho mejor que si estuviera conmigo —contestó segura Francisca.

—¿Y puedo saber cómo se llamará el niño? —preguntó Carmen.

—Se llamará Justino.

—¿Como tu padre? —añadió con cierta ironía su amiga.

—Sí, como mi padre. Aunque le llamaremos Justi, para evitar confundirlos. ¿Te gusta?

—No suena mal —dijo Carmen sin ninguna emoción, dado que ese nombre le recordaba demasiado los nombres del pueblo, y ella hacía tiempo que marcaba las distancias con su pasado rural—. En todo caso, yo hubiera elegido un nombre de los que suele usar la gente de ciudad, como los hijos de los señores en donde yo estoy trabajando.

—¿Y cómo se llaman los hijos de los señores con los que tú estás trabajando? —preguntó Francisca con cierta ironía en el tono de sus palabras.

—Bueno, no importa —contestó Carmen cambiando de conversación y centrándose en el acontecimiento que les ocupaba—. Por cierto, ¿cómo sigue el pueblo? ¿Has visto a mi madre? ¿Ha conocido al niño?

—Al menos la calle entre la estación del tren y la casa de mis padres sigue igual de solitaria que cuando la dejé al venirme a la ciudad, aunque seguro que en unos meses más será la calle más alegre del pueblo cuando Justi juegue a hacer castillos de tierra con su cubo de plástico y su pala, y cabalgue a la grupa de Careto acompañado de su abuelo camino del alfar.

Pero Carmen insistió en su curiosidad por el pueblo, en si había visto a su madre y cómo habían recibido sus padres al niño, ni de quién era el padre...

—Solo puedo decirte —contestó Francisca— que mi tiempo lo dediqué a compensar a mis padres por tanta ausencia, a hablar con mi hermano sobre nuestros juegos de infancia, sobre la escuela y los huertos adonde nos escapábamos durante el recreo para robar los higos de las higueras más cercanas al pueblo... Y poco más. Eso es todo lo que puedo contarte de esta visita. No vi a tu madre, ni paseé las calles para mostrar a mi hijo, de eso se encargará mi madre. Preferí perderme hasta recuperar cada rincón de la casa, a pesar de lo minúscula que es, y revivir de nuevo aquel tiempo de felicidad que todavía me seguía esperando con sus puertas abiertas a la infancia.

Mientras Francisca contaba a Carmen su viaje, una voz aguda y destemplada llegó procedente del pasillo que comunicaba con la puerta a la calle.

—¡Basta ya de cháchara y a trabajar!

Era la voz de la señora de la casa llamando al orden a

Carmen, que aceleró su despedida con Francisca emplazando la conversación para otro momento.

—Tengo que dejarte, nos veremos el jueves, adiós.

—Adiós. Hasta el jueves.

Con cierta frecuencia, y siempre con la autorización del matrimonio, Francisca llamaba a la centralita del teléfono público de El Espejuelo para hablar con su madre e interesarse por su hijo, al que conseguía ver solo en el tiempo de vacaciones, durante el cual se trasladaba al pueblo cargada de juguetes para Justi y regalos para sus padres y su hermano.

16

La vida de Francisca continuó en el trabajo de aquel apartamento, sirviendo al matrimonio, y al canario, en todas sus necesidades, con una entrega y una generosidad sin límites. Todas las atenciones serían nada comparadas con la acogida con la que un día fue recibida por los dos. Una chica joven, sola en aquella ciudad, sin trabajo, con un hijo oculto en sus entrañas y empeñada en verlo nacer.

Nunca olvidó Francisca cómo la señora de la casa, una vez supo de su embarazo, cuidó de ella procurándole a menudo algún descanso en sus quehaceres diarios, compartiendo con ella un café y un poco de conversación, que Francisca agradecía, mientras hablaba de su pueblo, de su familia y de la forma en que salió de su casa. Y cuando sus ojos se humedecían, en su hombro sentía la mano de la mujer, animándola a seguir adelante. «Tranquila, siempre nos tendrás a nosotros.» Y Francisca, en un tono apenas audible, enjugaba sus ojos y repetía: «Gracias... Muchas gracias».

Con el tiempo, Francisca se hizo cargo no solo de la limpieza de la casa y de la cocina, sino del resto de los quehaceres, como hacer la compra en el mercado, sin que en ningún momento el matrimonio le pidiera cuentas, lo que demostraba que se había ganado la confianza de los dos.

Una mañana, como cada día, se dirigió al mercado. La plaza en donde se encontraba era ruidosa y estaba llena de gente yendo de un lado para otro: abastecedores de los diferentes puestos de frutas y verduras, de carne y de pescado y todo tipo de productos, cuyos vehículos, en una competencia feroz, trataban de llegar puntuales a sus puntos de venta, haciendo sonar las bocinas de sus camionetas, abriéndose paso entre la gente. Los motoristas, con un ruido ensordecedor, atravesaban la calle haciendo verdadero alarde de su destreza, sorteando a las personas en un equilibrio imposible sobre sus vehículos, mientras las mujeres cruzaban con un niño tomado de una mano y la cesta de la compra en la otra. Y perdida entre ese mundo, Francisca, una mujer de pueblo, aprendía rápidamente cómo sobrevivir en la Ciudad del Mar.

A pesar del tumulto y la confusión, la belleza de Francisca no pasaba desapercibida cuando iba a la compra. Cada día, desde la primera planta de un edificio en obras, frente a la puerta del mercado, alguien esperaba verla llegar para contemplar su hermosura. A veces era inevitable una mirada suya, buscando una respuesta en la mirada de ella, como un regalo del cielo a un hombre gris cuyo único aliciente era el trabajo para sobrellevar dignamente su soledad.

Y un día sucedió. Mientras él la miraba al pasar, ella, de una forma casual, dirigió su mirada hacia el lugar desde donde él la observaba. En ese momento se produjo para él ese regalo del cielo que durante tantas noches había soñado: ella lo miró. Y sin detenerse, como cada día, siguió su camino y entró en el mercado, sin dar demasiada importancia a esa mirada que habitualmente solía despertar en los hombres, a lo que había terminado por acostumbrarse.

El hombre, sin embargo, como si se tratara de una cita concertada, cada día esperaba la visita de Francisca al mercado. Y de una forma que dejó de ser casual, al pasar cada día frente al edificio en obras ella dirigía su mirada al lugar en donde se encontraba él. Entonces, por unos segundos se comunicaban, tímidamente. Sin palabras.

Uno de esos días, camino del mercado, al pasar frente a la casa en construcción, Francisca buscó la mirada de él pero no estaba. Con el tiempo, la joven se había acostumbrado a encontrarla. Pensó que ese día él, por alguna causa, no había ido al trabajo. Así que sin más demora se dispuso a continuar su camino hacia el mercado, sin sospechar que ahí, en la puerta, la esperaba él.

—Hola —dijo mirando cómo ella, sorprendida, se ruborizaba—. Me llamo Clemente, ¿y tú?

—Me llamo Francisca —contestó con un cierto aire de desconfianza hacia aquel desconocido, por las intenciones que pudiera albergar con aquel encuentro tan precipitado ya que, en sus espaldas, pesaba todavía una mala experiencia con los hombres—. Encantada de conocerte.

—El placer es mío —dijo el desconocido. Y con la premura del cazador, ansioso por atrapar su presa, en un impulso sin control, acertó a preguntar a Francisca—: ¿Podríamos vernos mañana?

Francisca, con una pizca de timidez en su voz, sin terminar de entender la propuesta de aquel hombre contestó:

—Lo siento. Se me está haciendo tarde. Y todavía no he hecho la compra. —Y se despidió de una forma acelerada.

Él, adivinando las dudas de Francisca, esbozó una sonrisa limpia, por la que ella intuyó que quizá podría tratarse de un hombre bueno.

Pero se preguntó: «¿Hasta qué punto un hombre puede llegar a ser tan bueno como para iniciar una relación con una madre soltera como lo soy yo? ¿Podría perdonarme? ¿Sería tan generoso como para ejercer un papel de padre para mi hijo? ¿O simplemente se ha fijado en mí por mi belleza?».

Eran demasiadas preguntas, cuya respuesta solo la daría el tiempo. ¿Y no sería demasiado arriesgado confiar solo en el tiempo?

Por su parte, para Clemente, el hecho de haber cruzado unas miradas, y ese encuentro tan breve en la puerta del mercado con Francisca, suponía acariciar la posibilidad de alcanzar pronto esa fruta prohibida.

No. Definitivamente, era mucha mujer para aspirar a ella. Una mujer delicada sobre la que poner sus manos toscas, endurecidas por el contacto con el hierro que manejaba a diario en su trabajo. Una mujer maltratada durante su breve contacto con la vida, que solo aspiraba a encontrar un día el amor que le había sido negado. ¿Podría dárselo él? Un impulso interior le gritó la respuesta: ¡sí!

En los días siguientes a ese primer encuentro, sus miradas al cruzarse poco a poco fueron sustituidas por encuentros breves en la puerta del mercado, cuya duración, a medida que pasaban los días, se iba alargando.

Uno de esos días, a su regreso a casa, encontró al matrimonio preocupado por su retraso, tan poco habitual en ella. Su rostro lucía un brillo especial. Como una pincelada de felicidad que Francisca exhibía sin ocultar, y que provocó la pregunta de la mujer:

—Nos tenías preocupados. Pensamos si te habría ocurrido algo. ¿O tal vez había en el mercado demasiada gente?

—Siento el retraso y su preocupación por mí. Aunque sí es cierto que hoy me ha ocurrido algo. En el mercado no había más gente que cualquier otro día, incluso, por un tiempo, me pareció que la plaza estaba vacía. Vacía de vendedores tratando de llegar a sus puestos. Vacía de motos sorteando gente. Vacía de niños cogidos de la mano de su madre. Vacía de bocinas de los coches...

—¿Te ocurre algo, hija? —preguntó la señora, mientras la cara de su marido mostraba su misma preocupación.

—Sí —contestó Francisca con una sonrisa feliz, hasta entonces desconocida para el matrimonio—. He conocido a un hombre.

—¿Un hombre? —repitieron a coro la mujer y el marido, sorprendidos de la noticia—. Habrá que conocerlo —dijo la mujer con una sonrisa compartida con su marido.

—Cualquier día de estos —dijo Francisca.

Las nubes cruzaban el cielo como pañuelos blancos sobre un mar azotado por un vientecillo otoñal. El paseo marítimo bordeado de palmeras estaba vacío, y una música de acordeón llegaba desde la puerta de uno de los pocos restaurantes que permanecían abiertos después del verano.

Entraron y eligieron una mesa en un rincón con vistas a la playa, ahora solitaria, en donde hablar tranquilos. Era su primera cita formal.

—¿Qué tomarán los señores? —preguntó el camarero, aprovechando un inciso entre caricia y caricia de la pareja.

—Yo tomaré un café con leche —dijo Francisca.

—Y yo, una copa de vino blanco —dijo Clemente para romper el hielo—. Como sabes, trabajo en el edificio, cerca del mercado, desde donde te he esperado durante muchos días. Hoy es uno de los días más felices de mi vida al encontrarme por fin a solas contigo. Soy vasco, y trabajo el hierro desde que era niño. Aprendí de mi padre el oficio de ferrallista, y aquí me tienes: fortaleciendo los edificios frágiles con un alma de hierro, tan fuerte como el alma de mi tierra. Tengo algunos años más que tú y soy viudo. Ella se fue sin darme hijos y vivo solo en la parte alta de la ciudad, casi tocando el cielo. Pero háblame de ti.

Francisca escuchaba embelesada a Clemente, y en

ese momento estuvo segura de que alguien que hablaba de esa manera no podía ser un hombre malo. Ella, por su parte, sentía cierto temor a desnudar su pasado, pensando en el rechazo a su conducta, a todas luces reprochable, en una sociedad intolerante y fría, cerrada a la posibilidad de restañar las heridas que solo el amor puede curar.

—Trabajo como criada, al servicio de un matrimonio en la parte baja de la ciudad, «casi tocando el infierno». Soy de un lugar muy lejos de aquí, un pueblo llamado El Espejuelo, en la comarca de Vallehondo, donde no se conoce el mar. Un día, como tantas jóvenes, salí en busca de trabajo. Encontré en la ciudad algo de lo que venía buscando, aunque también algo que no esperaba encontrar: un hombre sin escrúpulos, para el que trabajé durante algún tiempo, vio en mí una presa fácil y abusó de mí. El resultado fue un embarazo de cuya responsabilidad trató de liberarse. Me dio a elegir entre el aborto o mi empleo. Yo elegí seguir adelante con mi embarazo y dejé aquel empleo. Ese niño debía nacer. Y hace unos meses nació. Mis padres se ofrecieron a cuidarlo para que yo pudiera trabajar, y ahora se cría en El Espejuelo. Yo voy a verlo con cierta frecuencia, y la primera palabra que ha aprendido a decir al verme es «mamá». Nunca me he sentido tan orgullosa de algo como de haberlo traído al mundo.

—Mi mujer habría deseado colmar de felicidad nuestro matrimonio con un hijo. Pero se fue, y me dejó vacío de cualquier sueño.

—Y yo hubiera deseado un marido enamorado de mí, y fruto de ese amor haber tenido ese hijo. Pero ya ves. Sigo siendo una mujer soltera. Nunca apareció en mi vida esa persona dispuesta a compartir mi vida. Aunque Justi estará siempre cerca de mí.

—¿Justi? ¿Quién es Justi?

—Es mi hijo, del que acabo de hablarte. Así se llama.

—Eres una mujer valiente —dijo Clemente, mientras acariciaba, tímidamente, las mejillas de Francisca, con una ternura que la hizo emocionarse y estremecer hasta lo más profundo de su ser.

La conversación entre los dos se fue haciendo fluida. A lo largo de lo que quedaba de tarde, vaciaron su corazón. La historia de sus vidas solitarias y su necesidad de compañía. El camarero, aburrido de la escasa actividad del establecimiento, les advirtió que era hora de cerrar el restaurante. Las luces del paseo marítimo se encendieron y la luna jugaba al escondite entre las nubes, empujadas por el viento de levante, mientras ellos caminaban sin prisa cogidos de la mano, hablando de las cosas que, a partir de esa noche, serían cosa de dos.

17

La actividad en El Olvido era trepidante. Nunca el pueblo había vivido ese ir y venir de obreros llegados de otros pueblos a trabajar, ni tantas banderas ondeando al viento en los tejados como señal del final de la obra cuando se cubrían aguas, lo que todos los obreros, junto con los dueños de la casa, celebraban con una comida de hermandad regada con el vino de la casa.

Los vecinos gastaban de buen grado su dinero con tal de adecentar sus casas y lucir sus tejados de barro nuevos como el de la iglesia, el más importante del pueblo, por motivos obvios, mientras el alfarero llenaba sus bolsillos sin pausa, lo que en breve le proporcionó el dinero suficiente como para comprar la casa y las tierras en venta de don Cipriano Monteverde de Torre Alta, compra que fue celebrada por el alcalde con una comida para todo el pueblo, incluidos los obreros de cada una de las obras en marcha, a base de calderetas cocinadas en la plaza como si se tratara de una boda, lo que hacía pensar cómo se celebraría la boda de Julita y Carlos, el alfarero, el día que terminaran las obras del pueblo.

Justino, el padre de Carlos, ajeno a la actividad en El Olvido, seguía cada día bailando en la poza sobre el barro, mientras Justi iba a la escuela y Brígida, su abuela, a la que la edad se le iba echando encima, seguía entregada a su nieto y recibiendo periódicamente algún dinero de su hija para su manutención. Aunque, dado el auge que había tomado el negocio del alfar, un día su madre le hizo saber a través de una carta el cambio de vida que habían experimentado, y que gracias al trabajo de su hermano y de su padre los beneficios conseguidos en el negocio del tejar les permitían vivir holgadamente, y ya no era precisa su ayuda, y le aconsejaba que guardara bien su dinero por si un día lo necesitaba, algo que ella, confesaba sin pudor, no había sabido hacer, dado que fue conocida por sus vecinos como una manirrota. Aun así, y ese era su mérito, entre su marido y ella habían sacado adelante al pequeño Justi, que ahora era un niño feliz y lleno de amigos.

La carta de Brígida encontró una respuesta por parte de Francisca remitida desde el apartamento en la Ciudad del Mar. Una carta llena de ternura hacia sus padres, su hijo y su hermano, cuyo contenido supondría un cambio muy importante en su vida, en la que anunciaba su reciente relación con un hombre bueno de unos cincuenta años de edad, viudo, sin hijos, con piso propio y que quería compartir su vida con ella, y por supuesto con su hijo, al que estaría dispuesto a darle su apellido y a traerlo a vivir con ellos.

A medida que iba leyendo la carta de su hija, a Brígida se le iba rompiendo el alma pensando en perder al pequeño Justi, al que consideraron siempre como el hijo menor de la casa, pero a la vez celebraba la noticia de su hija sobre su nueva situación, que le proporcionaría la estabilidad que necesitaba junto a un hombre que cuidaría de ella y de su hijo, que al fin podría presumir de tener un padre como sus amigos, y una ciudad con mar de la que tanto hablaba su madre en las cartas que, cada vez con más frecuencia, recibían en el pueblo.

Justino, mientras Brígida leía la carta de su hija, sentado junto al fuego, con la mirada triste, observaba la trayectoria sinuosa de las volutas de humo elevándose a través de la chimenea buscando el cielo, intentaba imaginar, sin conseguirlo, la casa vacía y silenciosa que sería, una vez Justi se fuera a vivir con su nueva familia a la Ciudad del Mar.

La lectura de la carta fue interrumpida cuando se abrió la puerta de la calle.

—¡Madre, quiero merendar!

Era Justi que, acompañado de sus amigos, llegaba de la escuela solicitando de Brígida su merienda habitual, una rebanada de pan con vino y azúcar, típica de los pueblos de la comarca de Vallehondo, que bien podría haber convertido en alcohólicos a los niños, dada la corta edad a la que empezaron a tomar vino, aunque fuera de baja graduación. A veces la merienda era una torta dulce de cañamones, semilla del cáñamo o cannabis, una planta más de las cultivadas en los huertos, cuyas semillas, los cañamones, eran sembradas abundantemente sobre la superficie de las tortas de masa de trigo, cocidas en el horno del pueblo junto a las magdalenas, las galletas o el pan, y eran consumidas por chicos y grandes, ignorando que a partir de esas plantas, y con una técnica milenaria, se extraía la marihuana. Pero la enseñanza en las escuelas rurales no llegaba a tal nivel de conocimiento.

Cuando el niño salió de la casa en busca de sus amigos para reanudar sus juegos en la plaza de la escuela, Justino y Brígida se miraron con la tristeza de quien intuye una pérdida inestimable. Entonces, y después de leer la carta de Francisca, supieron que su felicidad, esa que les había proporcionado la presencia en sus vidas de Justi, estaba a punto de terminar, una vez que su madre decidiera unirse a Clemente, que así se llamaba el hombre con el que en unos meses se casaría su hija, y volvería a romperse el lazo afectivo entre el alfarero y su mujer, un lazo que a lo largo de su vida de matrimonio solo había mantenido fuerte la presencia de Justi en la casa.

18

Con la nueva situación económica, la vida cambió en la casa de Brígida y Justino. Ella, manirrota, como había confesado ser toda su vida, no solamente manejaba más dinero, sino que lo mostraba sin pudor en cualquier manifestación. En las tiendas del pueblo llenaba el cesto de la compra hasta rebosar para mostrar su situación privilegiada delante de sus vecinas, cuya economía nunca llegó a cambiar si no era para mal. Una mala cosecha demandaba un préstamo del banco, y la inseguridad de no poderlo pagar, ya que normalmente la gente del pueblo dependía del campo.

Viendo el derroche y la ostentación de su mujer, que le dio por mostrar dejando clara su nueva situación, su cambio entre la que fue y en la que se había convertido en relación a sus vecinos, a Justino se lo llevaban los demonios dada la austeridad en la que había vivido toda su vida, y su norma era pasar desapercibido en el pueblo sin el más mínimo signo de ostentación. Su pantalón de pana negro, aun en el verano, su camisa blanca de rétor y su chaqueta también de pana, sus abarcas y sus calcetines de algodón tejidos por Brígida en los días de invierno al calor de la lumbre, era su vestimenta habitual, la única usada siempre, excepto los domingos, no por ser una fiesta religiosa, pues Justino era comunista hasta la médula y ateo de nacimiento, sino porque era su día de ir al bar del pueblo. Entonces se ponía una ropa nueva que Brígida mantenía en un armario con bolitas de naftalina en los bolsillos para evitar que las polillas dieran buena cuenta de ella. Su forma de vida no sufrió alteración alguna en su comportamiento habitual. El trabajo en el alfar lentamente le fue minando la salud y poco a poco cambió su aspecto físico y se convirtió en un hombre viejo, lejos de aquel mozo joven, alto y fuerte —aunque algo mohíno— al que aspiraban conquistar todas las chicas casaderas del pueblo.

Por su parte, Carlos, su hijo, visitaba con más asiduidad El Olvido, suministrando materiales para la reconstrucción de los tejados, viendo cómo poco a poco iba cambiando el aspecto del pueblo a medida que se iban terminando las obras. Su relación con Julita, la hija del alcalde, iba viento en popa. A menudo pernoctaba en su casa para evitar tantos viajes al tejar, lo que le unía cada vez más a la familia. Deseaba que las obras terminaran pronto para poder casarse. Lo que justificaba las frecuentes visitas de Julita a la iglesia y sus largas entrevistas con el cura, don Juan del Oso, al que a veces se le invitaba a comer a la casa del alcalde, donde las sobremesas se prolongaban durante gran parte de la tarde, hasta que al cura se le caía la cabeza reclamando la siesta y, dando algún que otro traspiés —el buen vino nunca faltaba en las comidas del señor alcalde—, llegaba a su casa intentando acertar con la llave en la cerradura de la puerta.

El prestigio del alcalde iba aumentando a medida que el pueblo despertaba la curiosidad de sus vecinos, que lo tomaban como ejemplo de un hombre con visión de futuro, con la seguridad de que, en breve, El Olvido figuraría entre los pueblos de interés turístico de la comarca de Vallehondo, lo que supondría una fuente de ingresos para sus vecinos que, esperanzados en ese futuro, planeaban todo tipo de negocios para atraer a los visitantes. A menudo recorría el pueblo convertido en capataz revisando las obras de cada casa y animando a los peones, los albañiles, los herreros y los carpinteros, que después de tantos meses empezaban a dar síntomas de cansancio mientras la gente, como pasa siempre que hay una obra, y dado que las diversiones en la comarca de Vallehondo eran escasas, armados de comida y bebida, y a lomos de las caballerías, carros o bicicletas, se desplazaban a El Olvido para pasar el día, si es que no tenían nada mejor que hacer, y recorrer calle por calle la marcha de las obras.

—Hay que ver el Policarpo el lío que ha organizado —decía uno refiriéndose al alcalde mientras paseaba la calle admirando las obras.

—Sí ya se le veía venir lo emprendedor que era. Y es que cuando uno vale… pues vale, y el Policarpo siempre fue un hombre *echao palante*.

—Y muy cabezón, que cuando dice: «Por aquí entro», entra, aunque tenga que romper la pared de un cabezazo, menudo es.

—Gente así es la que hace falta en estos pueblos para salir adelante, y no esos alcaldes meapilas que solo piensan en vaciar las pobres arcas del ayuntamiento, y que después de los años, cuando terminan su mandato, se van y nos dejan preguntándonos qué es lo que han hecho por el pueblo en todo ese tiempo y dónde ha ido el dinero de nuestros impuestos.

—Pues ya ves —dijo otro que se unió al corrillo que poco a poco se iba formando en las cuatro únicas esquinas del pueblo—. Pues calentar la silla, ¿qué va a hacer? No hay más que echar un vistazo al pueblo, cómo era antes del Policarpo y en lo que se está convirtiendo desde que él pisó este ayuntamiento.

—Es que el Policarpo es mucho Policarpo. Y como decías tú, cuando se le mete una cosa entre ceja y ceja, no hay quien lo pare, y en esta ocasión se ha propuesto dejar el pueblo hecho un pincel, y vaya si lo está consiguiendo.

—¡Claro!, como su yerno es el que fabrica las tejas para todas las obras, pues todo se queda en casa —dijo uno que acababa de unirse al corrillo y que, como en todos los pueblos hay envidiosos, este era el que tenía más mala leche del pueblo.

—Bueno, chicos —dijo uno dejando claro que la compañía del envidioso no le aportaba más que removerle las bilis. Se llamaba Celedonio Crisantos, pero para entenderse la gente lo identificaba por su apodo, «el Vinagre».

—Sí, yo también voy a seguir viendo las obras —añadió otro—, porque hay que ver qué alcalde más cojonudo tenemos en El Olvido.

Lo dijo en voz lo suficientemente alta como para ser escuchada por el envidioso, que en menos de un minuto se quedó solo en las cuatro esquinas cuando casualmente cruzaba el alcalde por la calle, y al encontrarse con él paró un momento para saludarlo.

—Hola, Celedonio —saludó el alcalde—. Hace mucho tiempo que no te veía, ¿qué tal?

—Pues ya ves, como siempre, aquí estoy dando una vuelta por el pueblo —contestó.

—¿Y qué te parece?

—Bueno... —dijo mirando al cielo, mientras arrastraba el pie derecho sobre la tierra del suelo como quien pisa una lagartija y el alcalde esperaba alguna respuesta algo más concreta.

—Bueno, ¿qué? —preguntó el alcalde sabiendo que el Vinagre había ya dicho todo lo que tenía que decir para que se le entendiera—. Hay que joderse, la elocuencia que gastas —dijo para provocarle.

—¿Y qué esperabas? ¿Que te dijera lo que te dice todo el mundo? ¿Que hay que tener un par de cojones para convertir este pueblo de la cochiquera que era, en el centro de atención de toda la comarca de Vallehondo? ¿Que has cambiado los tejados de chapa de las casas, que al salir el sol por la mañana brillaban como espejos, por tejas de barro? ¿Que ya no las usa nadie en ningún sitio, y que son refugio de pájaros y ratas que harán sus nidos en sus huecos, y que los gatos, al descubrir las crías de los nidos en el tejado, moverán las tejas, crearán goteras en las casas y habrá que llamar de nuevo a los albañiles? ¿Qué esperabas que te dijera? ¿Nadie te ha advertido de eso? Pero claro —concluyó el Vinagre—, la gente no ve más allá de sus narices, y mis críticas a estas obras que tú has emprendido, y que te harán pasar a la historia como el mejor alcalde que ha tenido nunca El Olvido, las interpreta la gente como un sentimiento de mala leche y de envidia hacia ti. Ya sé que tengo mal carácter, que no soy fácil para el diálogo, y que quizá tenga merecido el apodo de «el Vinagre», pero tonto, lo que se dice tonto, creo que no soy. Si lo fuera, no llegaría a la conclusión que he llegado con respecto a tu proyecto.

—Pues estoy deseando oír esa conclusión a la que has llegado —dijo el alcalde esperando la respuesta del Vinagre.

—Pues mira, en pocas palabras, que tendrás cosas que atender. Creo que el pueblo te agradecerá tanto como tu bolsillo estas obras.

—¿Mi bolsillo? —contestó el alcalde con una cierta expresión de alarma.

—Pues sí, tu bolsillo. Ya que por una parte estas obras están haciendo rico al novio de tu hija, fabricante y suministrador de las tejas de todas las casas del pueblo. Y también a ti, con ese tres por ciento que graciosamente recibes por cada pedido de material que le haces. Y si quieres que te diga lo que opino del resultado de estas obras una vez concluidas, te diré que no nos vamos a quitar a los turistas ni corriéndolos a gorrazos. Y que gracias a tus obras se acabará la calma en este lugar. Pero eso sí, todo hay que decirlo, y esa es la parte positiva, también se acabará la miseria y la marginación a la que hemos estado sometidos durante siglos. Por eso, y para tu satisfacción, debo felicitarte, para que veas que el Vinagre a veces tiene buen corazón, y un sabor menos ácido del que cree la gente.

—Gracias, hombre —dijo el alcalde mientras, dándole la espalda, se despidió y se fue calle abajo hacia su casa pensando: «Este Vinagre sabe cómo dar una de cal y otra de arena».

Y Celedonio Crisantos, el Vinagre, tomó el camino contrario dirigiéndose a su casa sin pensar nada, pues lo que pensaba decir ya se lo había dicho a la cara a Policarpo Anchuelo, el alcalde de El Espejuelo.

19

Era verano cuando Brígida, Justino, Carlos y Justi recibieron la noticia de una inminente visita de Francisca a El Espejuelo, acompañada de Clemente Urrutia, su novio, para presentarlo a la familia y dar un carácter formal a esa relación, a pesar de que desde hacía poco ya convivían en el piso de él. Ese día, a pesar del encuentro tan deseado con su hija, prometía ser el más amargo porque los abuelos tendrían que separarse de Justi, su nieto, al que cuidaron durante años y quisieron como a su propio hijo. Se iría con su madre a la Ciudad del Mar y empezaría una nueva vida. Desde la noticia de ese viaje, los días se hicieron demasiado cortos en la casa del alfarero. Demasiado tristes para asimilar la separación de quien había sido la causa de todas las alegrías de aquella casa. Demasiado cortos para dar tanto amor en tan escaso tiempo. Durante esos días de esperar la llegada de Francisca, el alfarero decidió no ir al tejar y dedicar todo el tiempo a Justi, como si fuese la última ocasión que fueran a tener para disfrutar de su compañía, tratando de disimular la tristeza que a Brígida, su abuela, le asaltaba con solo mirarlo, recordando el día en que su hija lo puso en sus brazos a su cuidado, años atrás.

—¿Tienes ganas de ver a tu madre? —preguntó Brígida, esperando del muchacho la respuesta que más deseaba escuchar.

—Tú eres mi madre —contestó Justi sin pararse a pensar lo que esa respuesta suponía para su abuela.

—No, hijo, yo soy tu abuela —dijo Brígida a punto de dejar escapar una lágrima.

—Acabas de llamarme «hijo» —replicó el muchacho buceando en el corazón de Brígida.

—Bueno. Es una forma de hablar, pero tu madre te ha parido, y yo no.

—En eso tienes razón. Para eso eres un poco mayor —respondió Justi, que ya empezaba a cultivar un cierto sentido del humor heredado de su abuela.

—Eso es cierto —contestó Brígida—. Somos mucho

más viejos que cuando viniste a nuestra casa, pero lo seremos mucho más cuando nos dejes.

La mirada de Justi se entristeció, y en un impulso incontrolado se lanzó a los brazos de su abuela.

—No quiero irme —dijo el muchacho convencido de que su sitio estaba en El Espejuelo—, quiero estar al lado de ellos, aprendiendo «el oficio más importante del mundo», como un día dijo el abuelo a su hijo, el tío Carlos, yendo y viniendo al alfar a lomos del Careto y saliendo a pasear con las chicas, que ya soy mayor.

—Pero si eres un niño todavía para pensar en eso.

—Pues mis amigos tienen novia. Y a mí me gusta una de las chicas.

—¿Ah, sí? —dijo sorprendida Brígida mientras aguantaba la risa—. ¿Y puedo saber quién es?

—No —contestó el muchacho—, todavía no.

Justino, sentado en su silla de anea en un rincón oscuro de la cocina, tomaba un vaso de vino y un trozo de bacalao mientras escuchaba la conversación de Brígida con el nieto.

—Seguro que cuando tengas edad y vivas en la Ciudad del Mar, encontrarás chicas más finas, y más guapas que las que puedes encontrar en El Espejuelo. Aquí solo hay seis o siete, y si quieres que te diga la verdad, ninguna merece ser la novia de mi nieto.

—¿Por qué lo tienes tan claro? —preguntó Justi retirándose el flequillo de la frente, con un gesto que pretendía ser adulto.

—Porque mi nieto es el chico más guapo de toda la comarca de Vallehondo —contestó su abuela mientras lo abrazaba con una sonrisa queriendo disimular el llanto, pensando en el escaso tiempo que le quedaba para verle partir en ese tren acompañado de Francisca, su hija, y de ese hombre al que todavía no conocía y que ejercería de padre de Justi a partir de ese día.

—Te quiero, madre —dijo el muchacho echándose en sus brazos.

—Yo también te quiero mucho, y el abuelo Justino, y el tío Carlos, pero tu madre es nuestra hija Francisca, y por lo tanto tú eres nuestro nieto, y nosotros tus abuelos. Aunque hayas vivido siempre con nosotros en el pueblo como un hijo, como el tío Carlos, como tu madre antes de marcharse a la Ciudad del Mar en busca de trabajo.

—Entonces ¿quién es mi padre? —preguntó el muchacho, que sin quererlo estaba entrando en un terreno pantanoso del que Brígida no estaba segura de poder salir airosa.

—Eso quien únicamente te lo puede decir es tu madre, pero te cuente lo que te cuente cuando se lo preguntes, piensa que el amor lo justifica todo. Recuérdalo siempre.

—No entiendo qué me quieres decir, abuela —dijo el chico mientras Brígida buscaba una excusa para no contestar su pregunta.

—¡Ay!, perdona hijo, que se me quema la comida. Luego seguiremos hablando —improvisó Brígida, aplazando la respuesta que ella también había querido escuchar de labios de su hija durante años, desde el día en que Francisca se presentó en El Espejuelo y descendió del tren con aquel niño en brazos.

Lo único que sí sabía Brígida era que aquel niño les trajo una felicidad sin límites durante el tiempo que vivió en su casa, y que ahora se iría a esa ciudad a la que ellos, sus abuelos, nunca fueron.

20

Clementa Armadillo, la mujer del alcalde, pasaba los días en El Olvido cosiendo el ajuar que Julita debería tener listo para su boda, hasta hoy no celebrada por diferentes motivos. Carlos, con una generosidad sin límites, no había podido ofrecer aún a Julita una gran casa en donde vivir, y una gran hacienda con la que asegurarse el futuro a su lado. En resumen, un tipo de vida a la altura de las familias más destacadas del pueblo. Después de conseguir todo eso que soñaba como regalo de bodas para su querida Julita, parecía llegado el momento de hacer realidad esa boda mil veces aplazada, de no surgir ningún nuevo impedimento.

Mientras tanto, Carlos y Julita pasaban largos ratos recorriendo la casa que sería su hogar. Junto con la casa Carlos había comprado la hacienda —dos mil hectáreas de tierra de labor— a los herederos de don Cipriano Monteverde de Torre Alta.

La casa de tres plantas situada junto a la iglesia, la casa del médico don Urano Mendieta y la del cura don Juan del Oso, era grande y cuadrada. En la fachada principal y sobre la puerta de entrada, esculpido en piedra arenisca, se exhibía de forma ostentosa el escudo de la familia, en el que se podía ver, primorosamente labrado, un monte de encinas en cuya cima, encaramada hasta el cielo, se levantaba una torre con campanario. A ambos lados de la entrada a la casa, grandes ventanales protegidos por rejas de hierro forjado hasta tocar el suelo. Unos pertenecientes en su día al que fue antiguo despacho de don Cipriano, al comedor de la casa y a varias estancias de la planta baja hasta contar diez, también con rejas de forja realizadas en talleres de la ciudad por artesanos, verdaderos artistas en la fabricación de rejas y demás utensilios prácticos de hierro, todos marcados a fuego con las iniciales del dueño de la casa. La planta principal contaba en su totalidad con diez ventanas que también tenían rejas, lo que convertía la casa en inexpugnable, algo habitual cuando se trataba de un dueño expuesto a todo tipo de robos, en un lugar como

El Olvido, en donde la pobreza de sus habitantes paseaba las calles buscando un medio de subsistir.

La casa vacía imponía un cierto temor a los novios, que trataban de imaginarla con vida después de haber sido recientemente lugar de muerte, y cuyo fantasma, el de don Cipriano Monteverde de Torre Alta, todavía flotaba en cada uno de los rincones de aquella casa llena de ruidos producidos por el crujir de las maderas de los artesonados de los techos, y por las puertas antiguas del siglo XVII, que con una simple corriente de aire al filtrarse por las grietas crujían como si se tratara de un suspiro lastimero. Ruidos a los que la pareja tendría que acostumbrarse con el tiempo. Desde el portal, pavimentado primorosamente con canto rodado procedente del río cercano al pueblo, formando figuras geométricas a modo de tapiz, una escalera ascendía a través de un arco de medio punto fabricado en yeso, como todas las paredes interiores de la casa, hacia las habitaciones de las plantas superiores, y también desde el portal, un pasillo largo con el mismo pavimento de piedrecillas más pequeñas pero también formando un diseño geométrico durante todo su recorrido llegaba hasta el jardín, dejando a su paso la puerta de entrada a la cocina y, a continuación, la puerta de la cueva, donde cada otoño, por el mes de octubre, los mozos de la casa empleados en la agricultura, después de la vendimia, elaboraban el vino de la cosecha que año tras año se servía en la mesa de la familia, tras pasar el correspondiente control de calidad, realizado por el «desaparecido» don Cipriano Monteverde de Torre Alta.

En sus habituales visitas a la casa, Carlos, el alfarero, y Julita, su novia, ante tales espacios a los que no estaban acostumbrados, a veces se perdían por las habitaciones, los pasillos, los armarios o el desván, entre otras cosas para acostumbrarse a esas dimensiones. Una vez perdidos volvían a encontrarse en cualquier sitio y celebraban el encuentro en un juego amoroso, que, al prolongarse más de lo habitual, se veía interrumpido puntualmente y con cierta urgencia por el llamador de la puerta de la casa —una mano de bronce portando una bola—, golpeado con insistencia por el alcalde, que llamaba a la pareja con cualquier pretexto, interrumpiendo el idilio, que cada vez avanzaba sin remedio hacia el punto a donde los novios sentían el deseo irrefrenable de llegar.

Las visitas a la casa eran diarias, tomando medidas a los espacios que tendrían que decorar con muebles, cortinas, alfombras y todo tipo de elementos, para que la casa volviera a ser lo que siempre había sido en vida de don Cipriano Monteverde de Torre Alta, un ejemplo de lujo y buen gusto, una rareza tratándose de un lugar como El Olvido, situado fuera del mundo, y, sin embargo, no desmerecía nada de las grandes casas de la burguesía de cualquier ciudad.

Aprovechando que el pueblo estaba lleno de albañiles acelerando el acabado de las obras, Policarpo Anchuelo, el alcalde, eligió una cuadrilla que se distinguía de las demás por su buen trabajo a lo largo de las obras por las que habían pasado en la restauración de El Olvido, y la llevó a la casa que habitaría su hija para restaurar cualquier desperfecto, así como a los mejores pintores para pintarla de arriba abajo y darle el aspecto de recién construida, ya que últimamente, con la muerte de su antiguo dueño, estaba un tanto abandonada. De la ciudad llegaron los decoradores, ebanistas, cristaleros, fabricantes de telas, electricistas, vendedores de alfombras y anticuarios para dar a la casa el esplendor que lució mientras la habitó su anterior dueño, mientras Carlos, el alfarero y novio de Julita, espaciaba más los viajes al tejar, ya que la demanda de tejas era cada vez más pequeña.

21

Justino, cada vez más torpe, a pesar de su edad siguió bailando cada día sobre la masa de barro, mientras sus fuerzas se lo permitieron, hasta que un día le abandonaron y su corazón dejó de latir. Carlos, su hijo, lo encontró tendido en la poza del alfar, cubierto de barro. Al descubrirlo, lloró abrazado a su padre, lo envolvió en una manta, y en la furgoneta usada para el transporte de las tejas lo llevó hasta el pueblo. Las campanas doblaron por él durante todo el día, mientras Justi, su nieto, abrazado a Brígida, su abuela, lloraba junto al féretro de su abuelo, instalado en el portal de la casa.

Al día siguiente, en el tren llegaba Francisca, acompañada por Clemente Urrutia, su pareja, para enterrar a su padre, abrazar a su madre y a su hermano, y llevarse a Justi con ellos a la Ciudad del Mar, donde empezaría para él una nueva vida, junto a su madre y al hombre que a partir de ahora ejercería de padre.

El entierro de Justino se celebró al día siguiente de su muerte. A él asistieron todos los habitantes de El Espejuelo y algunos perros, que siguiendo a sus dueños llegaron hasta el cementerio, mientras Brígida, acompañada de Francisca, su hija, la madre de Carmen, su amiga de la infancia, y algunas vecinas, despedía a su marido, el viejo Justino, en la puerta de la casa con unos gritos desgarradores: «¡Adióóós! ¡Adióóós!», salidos del rincón más primitivo de su alma, y sufría un desmayo (calculado, para evitar golpearse contra un peldaño de la escalera), propio de una actriz dramática, y hubo de ser atendida suministrándole una tila, cuyo efecto fue inmediato en cuanto el cortejo fúnebre desapareció de su vista calle arriba camino del cementerio.

Esa noche, y durante una semana, los vecinos del pueblo, portando su silla, se reunieron como era costumbre en la casa de Brígida, hasta ocupar todos los espacios de la casa, incluso la cuadra (en donde Careto rumiaba el último pienso que su dueño le había servido), para rezar el santo rosario por el alma del difunto.

Pasados esos días, Francisca, Clemente Urrutia y

Justi se despidieron de Brígida y de Carlos, y dejaron la casa camino de la estación, mientras ella, rota de soledad y de dolor, vio cómo el niño volvía su mirada y sus lágrimas rodaban sin ningún pudor por sus mejillas viendo a su abuela quedarse sola en la puerta de su casa, bajo la ventana de los claveles rojos, que nunca más volvería a cuidar. El tren, al llegar a la estación, silbó tres veces como señal de respeto al vecino muerto.

Brígida entró en su casa en compañía de Carlos, cuyas visitas a su madre eran cada vez más escasas, y que en breve lo serían más, ya que formaría su familia en El Olvido, lejos de El Espejuelo, en donde ella se quedaría viviendo sola con el recuerdo de su marido, que aunque no fue un ejemplo de respeto hacia ella, al menos durmió a su lado en las noches de invierno, en los días de pobreza y en los de bonanza, y sobre todo fue un verdadero padre para ese niño que llegó un día en el tren en brazos de su madre, y que hoy, muchos años después, la dejaba sin un motivo para la felicidad, porque se la llevó toda a esa Ciudad del Mar de la que tanto le había hablado su hija, y que ni Brígida ni Justino llegaron nunca a conocer. Solo le quedaba esperar que algún día Rufino, el cartero de El Espejuelo, que por cierto, andaba por las calles con menos brío que una pavesa, llamara a su puerta y le trajera noticias de su nieto, al que a veces, en sus duermevelas, buscaba todavía en su habitación, pensando en abrigarlo por si sentía frío en las noches de invierno mientras dormía.

A Brígida no le sentaba muy bien el luto, pero solo por el qué dirán se lo puso el tiempo suficiente como para justificar su pena, la cual, solo de pensar que algún día iría a visitarla su nieto, se disipaba, y sentía ganas de quitarse aquella bata a la que tuvo que cambiar de color, de rojo a negro, tiñéndola con un tinte de los que vendían en la tienda del pueblo, cuyo efecto tenía fecha de caducidad (no más de un mes), y pasado ese tiempo, su color negro poco a poco se fue aclarando, pasando del negro a un rosa pálido, y luego al rojo vivo que había lucido en mejores ocasiones cuando fue joven.

22

Ya en el tren, el joven Justi se acomodó en uno de los asientos junto a una ventanilla, desde donde ver el paisaje que pasaba ante él a lo largo de toda la comarca de Vallehondo. Campos de olivos y viñedos, mientras el pueblo iba quedando cada vez más lejos, hasta desaparecer, dando paso a unos bosques de pinos. El tren, lentamente, le iba mostrando el camino hacia la Ciudad del Mar de la que tanto le había hablado su abuela. Y frente a él, sentado junto a su madre, el hombre que había conocido brevemente en su visita a El Espejuelo y que a partir de entonces ejercería el papel de padre. Al mirarlo, Justi pensó de nuevo en aquella pregunta sin respuesta que un día formuló a su abuela y de la que no recibió respuesta: «¿Quién es mi padre?». Era la pregunta que en la escuela le hacían sus compañeros de clase sabiendo el daño que le causaban al no tener respuesta para ellos, y obligándole a mentir para salvar la honra de su madre. «Mi padre es marinero —contestaba—. Y vive con mi madre en la Ciudad del Mar, aunque a veces se pasa meses a bordo de un barco pesquero, y como mi madre tiene que trabajar, decidieron traerme con los abuelos y venir a verme cuando le sea posible hasta que termine la escuela.»

Los compañeros de clase, llegado a ese punto, dejaban de molestarle seguros de que mentía, porque de un día para otro, la historia que contaba sobre su padre era diferente a la del día anterior.

Francisca observaba la expresión pensativa de su hijo, quien, asomado a la ventanilla de aquel tren, a veces miraba de reojo a Clemente Urrutia. Ella, sentada junto a Clemente, le prodigaba alguna que otra sonrisa, haciéndole entender que su nueva situación no resultaría fácil y que sería una cuestión de tiempo ejercer la responsabilidad de padre para el muchacho.

Clemente Urrutia era un hombre bueno, que por amor a Francisca sería capaz del mayor de los esfuerzos para ganarse la confianza del joven con el que a veces cruzaba su mirada en aquel vagón de madera, cuya marcha, lenta como la de una tortuga, les prestaría el tiempo suficiente hasta llegar a su destino, romper el hielo y comenzar a escribir un capítulo nuevo en sus vidas.

—¿Qué tal, Justi? —preguntó Francisca a su hijo.

—Bien —contestó el joven, agradeciendo la calidez de la voz de su madre.

—¿Te gusta viajar en tren? —le preguntó Clemente Urrutia, tratando de abrir un camino nuevo por el que empezar a transitar en la conversación.

—Es la primera vez que lo hago —respondió Justi, que se sintió intimidado por la mirada del compañero de su madre.

El tren dio un bufido y un suspiro profundo antes de parar en una estación. Algunos viajeros que ocupaban asientos en aquel vagón se precipitaron a bajar las maletas del portaequipajes y se dirigieron a las puertas de salida, mientras un vendedor recorría el único vagón de pasajeros con la velocidad del que tiene urgencia por vender algo de su mercancía, con lo que a duras penas poder vivir.

—¡Caramelos! ¡Helados! ¡Chicles y chucherías para los niños! ¡Agua! ¡Gaseosa! ¡Zarzaparrilla! ¡Tabaco rubio y negro! ¡Chisqueros de mecha! ¡Tortas de azúcar...!

El andén de la pequeña estación en pocos minutos quedó vacío. La gente se perdió envuelta en el humo producido por aquella locomotora y asustada por el silbato que anunciaba la salida. El último en bajarse del tren, ya en marcha, fue el vendedor de helados, chicles y chucherías para los niños, que con un saludo casi militar, al que correspondió sonriendo el maquinista, con su arquilla colgada del cuello con una cuerda sobre el pecho abandonó el andén.

El joven Justi observó aquel espectáculo como si se tratara de una representación teatral. Entonces empezó a comprender que la vida era un gran teatro lleno de actores, cada uno representando su papel. Miró a su madre y a Clemente Urrutia, su compañero, y por un momento pensó qué papel reservaría la vida para él. Luego se acomodó en aquel asiento de tablillas de madera, y mecido por la monotonía del tren, mientras el sol se empezaba a ocultar en el horizonte, se quedó dormido. Francisca tomó las manos de Clemente Urrutia entre las suyas y, apoyada en su hombro, pensó que merecían ser felices.

Horas después, el tren hacía su entrada en la estación de la Ciudad del Mar.

Un hervidero de viajeros se cruzaba en todas direcciones buscando la salida, cargados con su equipaje.

—Bueno, hijo, pues hemos llegado —dijo Francisca mirando a Justi, que por primera vez viajaba en tren y por primera vez conocería una ciudad, en la que en ese momento se sentía un ser extraño, en un escenario tan diferente a la pequeña estación de El Espejuelo, un pueblo de unos escasos cien habitantes, en donde solo una o dos veces a la semana, dada la escasez de viajeros, hacía una parada aquel tren.

La estación de la Ciudad del Mar era diferente. La gente iba de un lado para otro por aquellos andenes que no tenían fin. Por un momento, Francisca recordó su llegada años atrás a ese mismo lugar, esperando que apareciera su amiga Carmen, mientras, al igual que ahora, su hijo esperaba ver el sitio en donde vivía su madre acompañada de ese hombre con el que tardaría en familiarizarse, y la casa desde donde le habían dicho que se veía el mar.

—Bueno, hijo. Espero que te guste esta ciudad. Al principio te sentirás algo extraño, pero pronto te acostumbrarás, sobre todo al barrio, ya que es como un pueblo y prácticamente nos conocemos todos los vecinos, pues casi todos son gente que, como nosotros, un día llegaron de sus pueblos buscando una vida mejor, gente humilde y trabajadora que acoge con cariño a los que siguen llegando buscando un empleo, como un día llegamos nosotros. ¿Verdad, Clemente?

Clemente Urrutia bajó del portaequipajes una bolsa de plástico con la ropa de Justi y una pequeña maleta de fin de semana con lo que habían necesitado él y Francisca durante su corta estancia en el pueblo antes de contestar.

—Sí, es un barrio obrero, gente humilde y trabajadora —contestó Clemente.

La imagen que le pintaban al joven no pareció lo que él esperaba encontrar en la Ciudad del Mar, de la que tanto había oído hablar a sus abuelos y que él imaginaba como un lugar idílico junto a una playa, tal como el hotel en el que había trabajado su madre antes de conocer al hombre que ahora compartía su vida.

Los tres fueron sorteando aquella multitud con la que se cruzaban en el andén de la estación hasta llegar a la calle.

Una fila interminable de taxis esperaban en su parada ser ocupados por los viajeros recién llegados en ese tren, que aceleraban el paso tratando de llegar los primeros.

—¿Por qué corre la gente? —preguntó el joven Justi—. ¿Por qué tienen tanta prisa por llegar?

—Aquí, en la ciudad, todo el mundo tiene prisa para todo —contestó su madre mientras tomaban uno de los taxis que reemplazaban en la parada a los que se iban marchando cargados de viajeros.

Los tres emprendieron el camino hacia la casa. El taxi se perdió entre las calles de la ciudad. El sol reflejaba su color rojo del atardecer en las fachadas de las casas y en los cristales de los edificios más modernos, de los que Justi, al pasar frente a ellos, sorprendido de su altura, se empeñaba en contar los pisos sin conseguirlo, dada la velocidad a la que se movía el coche.

Una vez cruzada la parte baja de la ciudad, el taxi emprendió la subida al barrio más popular situado muy cerca del cielo, desde donde, a lo lejos, muy lejos, entre la polución y la última luz del día, se adivinaba el mar.

El taxi se detuvo frente al portal de un edificio de pisos.

—Hemos llegado —dijo Clemente Urrutia mientras

sacaba unas monedas de su bolsillo para pagar al taxista el importe del trayecto.

—Por fin estamos en casa —dijo Francisca.

En la calle se empezaban a encender las farolas con su luz amarillenta y mortecina. Unos niños jugaban con el balón y una mujer gritaba el nombre de alguno de ellos reclamándolo para cenar. Efectivamente se trataba de un barrio humilde, a juzgar por los coches con aspecto de viejos, a todas luces con varios años de retraso con respecto a los nuevos automóviles que se veían circular por las calles del centro de la ciudad, por donde habían pasado al venir de la estación del tren.

La calle era larga y estrecha, las fachadas de las casas necesitaban con urgencia una mano de pintura, y las ventanas, atestadas de macetas con geranios, que a duras penas podían lucir sus flores entre la ropa tendida en una cuerda de plástico, le recordaron la ventana con el cubo de cinc cuajada de claveles rojos cayendo en cascada sobre la pared encalada que Brígida, su abuela, cuidaba en su casa de El Espejuelo.

—¿Te gusta este sitio? —le preguntó su madre. Y sin esperar la respuesta del joven, señaló al infinito—: Mira, el mar.

—¿Dónde? —contestó el joven ansioso por descubrirlo.

—Bueno, ahora casi no se ve porque está anocheciendo y queda muy poca luz. Pero en los días claros se ve muy bien desde la casa.

—¿Y dónde está la casa?

—En el piso séptimo —respondió la madre—. Lo único es que a veces falla el ascensor y hay que subir a pie. Y ya con esta edad... Es lo malo que tiene hacerse mayor. Espero que hoy no falle. Lo bueno que tiene nuestra casa es que desde la terraza se puede ver el mar. Ya lo verás mañana.

—Sí, claro —contestó el joven, que por un momento recordó a su abuela y su vida en la casa de El Espejuelo—. La abuela Brígida me contó un día que vivías en un hotel al lado del mar. ¿Es verdad?

—Sí, es cierto, cierto —dijo Francisca—. Fue el primer lugar en donde trabajé al llegar a esta ciudad, y donde he permanecido hasta dejar el trabajo obligada por Clemente —mintió—. Un día me dijo que él se bastaba para ganar el dinero con el que vivir los dos de su trabajo y no tener que hacerlo yo, así que lo dejé y me vine a vivir con él a esta casa, en donde él había vivido desde que llegó a la ciudad hace ya muchos años.

—¿Y te gusta este barrio? —preguntó el joven a su madre.

—Lo importante en la vida no es el barrio en donde vives, si se encuentra cerca o lejos del mar, o si la persona con la que decides compartir la vida es rubia, morena, rica o pobre. Lo importante de verdad es si eso que decides, lo haces por amor.

Una vez más, Justi recordó que esa misma respuesta la había escuchado de boca de su abuela al preguntarle un día quién era su padre.

Mientras el joven hablaba con su madre, Clemente Urrutia ponía en orden la habitación que a partir de ese día ocuparía el joven.

Y de nuevo la pregunta que pensaba hacer a su madre quedó pendiente para mejor ocasión, pues la noche caía sobre el barrio, encaramado en la ladera de uno de los cerros que limitaban la ciudad a veinte leguas del mar.

—Un día te enseñaré el lugar en donde trabajé —prometió Francisca a su hijo—, y también donde tuvimos la ocasión de conocernos Clemente y yo.

—¿Y dónde trabaja? —preguntó Justi.

—Es ferrallista —respondió Francisca con un tono de orgullo en su respuesta—. Gana mucho dinero, aunque es un trabajo muy duro, y muy peligroso. Un trabajo solo para hombres valientes.

—¿En qué consiste? Nunca he oído esa palabra, en El Espejuelo nadie trabaja en ese oficio.

—Claro. Porque en el pueblo no se construyen edificios tan altos como en la ciudad, y usan vigas de madera para hacer las casas, pero aquí usan vigas de hierro, y los obreros tienen que trabajar soldando las vigas a mucha altura, lo que supone un gran peligro.

Desde la habitación contigua, Clemente escuchaba la conversación de Francisca y su hijo, y decidió intervenir.

—¿Te gustaría trabajar conmigo en mi empresa? —preguntó Clemente al joven, imaginando la respuesta después de la peligrosidad de la que le había hablado su madre.

—Creo que no —negó Justi sin pensarlo.

—Solo era una broma —contestó sonriendo Clemente—. Habrá que buscar un trabajo menos peligroso para ti.

Por unos segundos la mirada de Clemente divagó

por la habitación en donde se encontraban, mientras la expresión del joven se iba alegrando a medida que su madre le hablaba de ir cualquier día a ver el mar, la playa y el puerto.

23

Era un día de primavera. Las campanas de la pequeña iglesia de El Olvido sonaron durante toda la mañana. Don Juan del Oso, el cura, luciendo su alba blanca bajo una casulla con bordados de oro y plata sacada del arcón de la sacristía, cuyo uso estaba limitado solo a los días de grandes acontecimientos religiosos, recorría las calles del pueblo recién empedradas con cantos rodados extraídos del río, mientras un monaguillo agitaba el incensario, inundaba de humo el cielo y perfumaba el aire con olor a incienso, precediendo al sacristán que, custodiado a ambos lados por dos monaguillos con sotanas rojas y roquetes blancos, llevaba un crucifijo de plata cuya figura destacaba del resto de la gente que formaba aquella procesión.

Nunca hasta ese día se había visto en El Olvido semejante cantidad de asistentes a una ceremonia religiosa, como la de aquel día. Y el motivo no era para menos. El pueblo celebraba la terminación de sus obras. Los tejados lucían su nuevo aspecto con sus tejas de barro cocido, procedentes del alfar de Carlos, y ya no tenían nada que envidiar al resto de los tejados, como el de la iglesia, la casa del cura, la casa del médico don Urano Mendieta o la propia casa recién adquirida y restaurada de Carlos, el alfarero, cuya fachada volvía a lucir su aspecto regio de otro tiempo, con su escudo nobiliario tallado en piedra arenisca presidiendo la entrada principal, que pronto disfrutarían los novios.

Hasta las más humildes casas del pueblo habían sustituido el aluminio de puertas y ventanas por madera, más acorde al tipo tradicional de arquitectura de la comarca de Vallehondo, y las rejas y barandillas de los balcones eran de hierro forjado, fabricadas por los mismos artesanos que en su día fabricaron las de la casa de Policarpo Anchuelo, el alcalde, en sus talleres de la ciudad. Y para sorprender aún más a los visitantes de los pueblos vecinos, que acudieron masivamente al acontecimiento de la remodelación de El Olvido, los geranios ponían su color rojo en balcones y ventanas, en contraste con el blanco de la cal, refulgente al sol de aquella primavera que pronto daría paso al verano, en el que recibirían a los turistas, a quienes venderían los artículos de sus pequeños negocios, cuyas puertas abiertas de par en par mostraban ya su género al paso de la procesión, mientras el dueño, hincado de rodillas, inclinaba la cabeza como prueba de respeto para, una vez pasara hasta el último asistente a la procesión, cerrar la puerta y unirse al acto religioso en la iglesia, donde concluiría con unas oraciones de acción de gracias al Todopoderoso por los favores recibidos y unos hisopazos de agua bendita sobre las cabezas de los presentes. Y con unas breves palabras, el cura bendijo al pueblo, y felicitó públicamente al alcalde por el trabajo realizado en la remodelación integral de El Olvido. Este, emocionado y satisfecho con el reconocimiento, pronunció un «¡Gracias!» a pleno pulmón dirigiéndose al cura, y un nuevo «¡Gracias!», a todo pulmón, dedicado a todos los visitantes. Dicho lo cual, la gente que masivamente había asistido a la ceremonia paseó las calles del pueblo en busca de algún lugar donde tomar algo fresco, hasta descubrir, al fondo de un callejón, un cartel con la palabra CAFETERÍA sobre una puerta de cristales. Palabra nunca escuchada hasta entonces por la gente de aquella comarca de Vallehondo, y que alguien, con aspecto de estar muy viajado, al verles dudar sobre el significado, les informó de que aquel lugar era un café restaurante, en donde beber cerveza, comer, tomar café y descansar de una ceremonia larga e intensa, como había sido la procesión a la que acababan de asistir. Después de agradecer la información, los lugareños entraron en el establecimiento, más que para tomar algo, para curiosear.

Otro cartel situado en la calle principal del pueblo anunciaba PANADERÍA Y BOLLERÍA FINA. El escaparate mostraba todo tipo de panes, nunca antes vistos ni comidos en El Olvido, así como bollos, pasteles y todo tipo de dulces, productos solo disfrutados por las pocas familias importantes del pueblo, incluido el cura, aficionado a las husmerías y al vino moscatel, que, por cierto, de tanto consumirlo en exceso, empinando la vinajera en las misas, acabó por lucir unas chapillas rojas en los mofletes que le daban un aspecto cómico.

Una de las vecinas, cansada de tener que desplazarse al pueblo cercano para arreglarse el pelo, pensó que una peluquería sería un buen negocio y el sitio más adecuado la planta baja de su casa, ya que estaba situada en la calle principal. Mientras duraron las obras del pueblo, ella hizo un curso de peluquería por correspondencia y comenzó las obras para convertir la antigua cuadra en lo que sería la peluquería más moderna de aquella comarca y a la que llamó JUANITA LA DE EL OLVIDO. En un escaparate minúsculo mostraba todos los trabajos que se podían llevar a cabo: LAVADO, MARCADO, TINTES, y una lista con los precios correspondientes.

Las mujeres de El Olvido dieron gracias al cielo por tener tan cerca una peluquería en donde poder arreglarse sin tener que desplazarse a ningún otro sitio, ya que Juanita les solucionaría todos sus problemas.

Fueron tantas las ideas de negocios a instalar en el pueblo que hasta don Juan del Oso, el cura, con ánimo de recaudar fondos para las necesidades de la iglesia y evitar obras en donde instalar objetos sacros, pensó en restaurar un viejo confesionario que almacenaba polvo de siglos en la planta baja de la torre del campanario e instalarlo en la puerta de la iglesia, habilitado como quiosco, al que llamaría EL RINCONCITO DE DIOS. Sus mercancías serían los rosarios hechos a mano con pétalos de rosa que hacía la mujer que atendía la limpieza de la iglesia. Estampas de san Donato, patrón del pueblo.

Medallas, escapularios, pequeñas imágenes de santa Gema, muy valorada por los habitantes de El Olvido por sus múltiples milagros realizados en favor de los habitantes de aquellas tierras. Frasquitos de agua del Jordán traídos de Tierra Santa por el cura, en sus frecuentes excursiones con los más devotos del pueblo. Medallas de aluminio con la imagen de san Francisco, protector de los caminantes, para asegurarse un viaje sin incidentes luctuosos. Colgantes con pequeños crucifijos de plata, y bolas de cristal, que al invertirlas se producía en su interior una nevada copiosa sobre la iglesia de El Olvido. Y en el angosto espacio disponible en el interior del confesionario, un monaguillo vestido con sotana roja y alba blanca despachaba sin tregua a cuantas personas se acercaban, ansiosas por llevarse un recuerdo del pueblo que, a partir de ese día, se convertiría en el más turístico de toda la comarca de Vallehondo.

En el centro de la plaza, una fuente servía como abrevadero para las caballerías usadas en las labores del campo, así como para abastecer a las personas, dada su potabilidad, que valiéndose de unos canalillos de madera llenaban sus cántaros de agua desde la salida del caño proveniente directamente del manantial. Porque, aunque El Olvido carecía de muchas infraestructuras, su gran riqueza era el agua potable, por lo que como colofón a la remodelación del pueblo, y aprovechando la donación de una era por parte de uno de los vecinos, para disfrute de niños y grandes, se construyó un estanque, se plantó un jardín con árboles autóctonos y rosales antiguos, margaritas amarillas y blancas, sándalo, hierbabuena, santamarías y lirios silvestres, en torno a una explanada con bancos de madera, en cuyo centro se construyó un quiosco para la música, lugar utilizado como pista de baile en los días de fiesta de El Olvido.

Bajo una sombrilla con cubierta de raíz de brezo, en un pequeño puesto de madera, se vendían helados en el verano, o castañas asadas y churros con chocolate en los días fríos del invierno, y lo atendía un anciano experto en la venta ambulante, que habitualmente viajaba con su mercancía por todos los pueblos de la comarca de Vallehondo, y que, por fin, había decidido asentarse en El Olvido, dada la afluencia masiva de visitantes con los que hacer un buen negocio.

24

Una mañana alguien llamó a la puerta.

—Ya voy —contestó Brígida desde la cocina.

Su voz era débil y sus pasos, lentos. Arrastraba los pies por el portal enfundados en unas zapatillas de felpa con suela de esparto, mientras se dirigía a la puerta de la calle preguntando quién llamaba.

—Soy Rufino —dijo alguien desde la calle.

Brígida a duras penas creyó entender, ya que su oído iba perdiendo audición a marchas forzadas.

—Quién, ¿el cartero? —Trató de asegurarse antes de abrir la puerta. Una advertencia de Carlos, su hijo, que iba a visitarla cada vez con menos frecuencia.

—Claro, mujer, ¿quién iba a ser?

Con cierta inseguridad giró dos vueltas a la derecha la llave hueca de hierro de la puerta antes de encontrarse con el cartero, que, cargado con su cartera de cuero marrón a la espalda, la esperaba para entregarle una carta.

—Es de tu hija —dijo Rufino anticipándole la buena noticia, mientras los ojos de la mujer se cuajaban de lágrimas.

—Y de mi nieto Justi —añadió, nerviosa por abrir el sobre.

Torpemente cerró la puerta después de despedir al cartero con un hilillo de voz y darle unas monedas de propina.

—Gracias, hijo, muchas gracias —dijo Brígida.

Mientras el cartero se marchaba calle arriba repartiendo el correo, Brígida intentaba abrir el sobre en el portal camino de la cocina, en donde, a la luz de la chimenea y sentada en su silla de anea, se dispuso a leer ayudándose de unas gafas heredadas de Justino, su marido, cuyas patillas, en otro tiempo metálicas, habían sido sustituidas por dos hebras de algodón que Brígida solía usar para tejer sus calcetines mientras estuvo a su lado.

Al abrir el sobre, un perfume a mar invadió la cocina. Entonces supo que aquella carta la había escrito su nieto. En la esquina superior del papel, Justi había pegado una brizna de alga extraída del mar, seca y prensada entre las hojas de un libro, que Brígida, a primera vista, sin reconocer de qué se trataba, confundió con una espiga de centeno de las que tanto abundaban por los campos de Vallehondo.

Querida abuela:

Espero que al recibo de esta te encuentres bien [fórmula aprendida en la escuela para encabezamiento de una carta], nosotros bien, gracias a Dios.

Brígida sacó del bolsillo de su mandil un pañuelo para secarse las lágrimas, que prometían brotar sin descanso de sus ojos imaginando a su nieto hecho un hombre, al que, desde su viaje a la ciudad, no había vuelto a ver.

Como verás, te envío un pequeño recuerdo del mar, ese mar del que tanto nos hablaba mi madre en sus cartas, y que ahora le queda tan lejos de la casa en la que vivimos. Es un barrio de gente humilde, a las afueras de la ciudad, situado en la ladera de una montaña, desde donde, eso sí, muy a lo lejos, y en días claros, se puede ver el mar, porque el piso en donde vivimos está en una de las plantas más altas del edificio, y aunque no es muy grande, yo tengo mi propia habitación, desde donde hoy te escribo, y en la otra duermen mi madre y Clemente. Y aunque no están casados ella le llama «marido». Por cierto, abuela, he recordado muchas veces aquello que un día me dijiste sobre el amor, y ahora lo entiendo, al ver a mi madre cuando mira con esa ternura a Clemente, a pesar de no ser su mujer, tal como lo entienden en el pueblo. Me voy acostumbrando a verles tan felices, que cada vez empieza a importarme menos saber quién es mi verdadero padre. Es cierto que el amor lo comprende todo.

Brígida se tomó un respiro e interrumpió su lectura para volver a enjugarse las lágrimas y comprobar, por sus palabras, que su nieto era ya un hombre maduro.

Mientras te escribo, mi madre está en la compra, y Clemente en el trabajo. Dice que es ferrallista, y como sé que la palabra te sonará rara como a mí cuando la oí por primera vez, mi madre me dijo que es un trabajo duro relacionado con el forjado de hierro en la construcción de edificios altos, no como las casas de El Espejuelo, que con unos troncos y unos palos de madera enseguida se construyen.

«Llevas razón, hijo», comentó Brígida para sus adentros mientras sonreía leyendo los comentarios de su nieto.

Bueno, abuela, como ves todo me va muy bien y también mi relación con Clemente es buena. Así que se puede decir que formamos una familia. ¿Cómo sigue el tío Carlos? Ya me ha contado mi madre que se ha hecho rico con el alfar, que pronto se casará con Julita. Espero que vayamos todos a su boda en El Olvido. Tengo muchas ganas de verte, abuela, quizá el próximo verano pasemos unos días contigo, y también visitaremos al abuelo, y le llevaremos flores. Por cierto, ¿sigues cuidando los claveles rojos de la ventana? Y Careto, ¿cómo sigue Careto?

Pero aquel próximo verano del que hablaba Justi en su carta no llegaría para Brígida, ni asistiría a la boda en El Olvido de su hijo Carlos con Julita, ni los claveles rojos de la ventana volvieron a crecer cayendo en cascada por la pared deteriorada por las lluvias del invierno desde que su nieto dejó la casa, ni Careto, vendido en una feria de ganado en el pueblo de Zumaque, volvió a ocupar la pequeña cuadra junto al portal.

Aquel día, mientras leía la carta de su nieto, plena de felicidad, pensando en él, Brígida se quedó dormida...

25

La boda de Carlos y Julita, prevista para los primeros días del verano, debido a la muerte de Brígida fue aplazada una vez más por un año, ya que era por tradición la duración del luto, durante el cual Carlos, como era costumbre en aquellos pueblos, luciría un botón negro en el ojal de la solapa de su chaqueta. Francisca, su hermana, asistió al entierro en El Espejuelo acompañada por Justi, su hijo, y Clemente Urrutia, su marido. Una ocasión que, aunque de una gran tristeza, sirvió para conocer a Julita, la novia de Carlos, quedando emplazados a su boda un año más tarde en El Olvido.

La vida del alfarero cambió radicalmente una vez terminadas las obras de remodelación del pueblo. Con sus padres fallecidos, decidió instalarse definitivamente en El Olvido, en donde empezó a frecuentar las reuniones en las casas de los que, hasta entonces, habían marcado una línea roja en sus relaciones con el «alfarero». Mientras llegaba el día de su boda con la hija del alcalde, Carlos vivió bajo su techo, en donde los novios eran vigilados de cerca, para evitar todo tipo de comentarios, en caso de actitudes demasiado cariñosas y en público, lo que no impedía sus juegos amorosos en la casa nueva, a la que asistían diariamente, y con cualquier pretexto, para encontrarse a solas.

Pasado un año y un día de luto por la muerte de Brígida, el cura, al final de la misa del domingo, anunció la próxima boda de Carlos y Julita:

—Si alguno de los vecinos del pueblo, aquí presentes, tiene algún impedimento para la celebración de este matrimonio, que hable ahora o calle para siempre.

A lo que el pueblo de El Olvido, reunido en la iglesia, contestó a coro como una sola voz:

—¡No sabemos nada!

Los novios, sentados en un banco discreto junto al baptisterio, respiraron tranquilos.

En unos días más, todo estaba preparado para la celebración más importante, llevada a cabo en años, en el pequeño pueblo de El Olvido. Desde la Ciudad del Mar llegaron Francisca, hermana de Carlos, Clemente Urrutia, su marido, y Justi, su hijo, acompañado por una joven muy guapa a la que el chico presentó a todos como una compañera de trabajo.

Ese día, la plaza del pueblo era un hervidero de gente venida de todos los pueblos de la comarca de Vallehondo y de otros lugares, que invitados por Policarpo Anchuelo, el alcalde de El Olvido, acudieron vestidos con sus mejores galas a la celebración de la boda, que por falta de espacio en la iglesia se celebró en la pista de baile del parque, en cuyo quiosco de música se improvisó el altar, que fue adornado con ramos de espigas, azucenas y rosas blancas, procedentes del campo y del jardín de la casa del cura. Cruzando la pista, un pasillo libre para el acceso de los novios, los padrinos (Policarpo Anchuelo, padre de la novia, y Francisca, hermana del novio), precedidos por el cura, don Juan del Oso, y dos monaguillos.

Las campanas de la iglesia ese día tocaron tres veces al vuelo, como se acostumbraba en las grandes celebraciones, llamando a la gente a participar en la ceremonia religiosa. Después de la tercera señal, el pequeño cortejo, formado por los novios, los padres y los padrinos, llegó a la pista de baile en donde el cura les esperaba para proceder al casamiento.

A medida que entraba la mañana, el sol de principio de verano caía como una losa sobre el techo metálico del quiosco de música y sobre los asistentes a la boda. Circunstancia que el dueño del pequeño puesto de helados agradeció al señor cura por haber elegido aquel lugar para la celebración, mientras no paraba de despachar sus helados, que una vez servidos se derretían sobre los vestidos de las señoras o las chaquetas de los hombres, creando unas discusiones entre unos y otros que hacían inaudibles las palabras del cura en su homilía, referidas a la responsabilidad del matrimonio, Carlos y Julita, como los futuros padres que serían.

Y mientras en la pista de baile se celebraba la misa, en la plaza del pueblo se encendían hogueras y se mataban corderos para cocinarlos en las sartenes que colocadas sobre sus trébedes esperaban el aceite, los ajos y todos los ingredientes necesarios para cocinar las calderetas, que los más expertos del pueblo se ocuparían de preparar para los invitados que llegarían a la plaza una vez terminada la ceremonia. Los encargados de avivar el fuego se cambiaban con cierta frecuencia los pañuelos que, atados a la frente, eran refrescados con agua fría de la fuente de la plaza, dado el sofoco al que estaban sometidos con semejante temperatura, aunque, en un mostrador grande, que ocupaba toda la fachada del ayuntamiento, servían libremente todo tipo de bebidas frías, conservadas en contenedores de hielo producido por una máquina, cuyo ruido dejó de importar mientras siguiera enfriando las bebidas.

De pronto, el olor a carne guisada inundó la plaza y todas las calles de El Olvido. Incluso llegó hasta la pista de baile en donde la ceremonia estaba a punto de terminar, aunque algunos la terminaron discretamente y dirigieron sus pasos a la plaza, siguiendo el rastro del olor a caldereta.

El cura también aceleró la ceremonia, mientras la novia sufría un vahído debido al calor y Carlos, el novio, ayudado por alguno de los invitados, hubo de llevarla en brazos hasta la plaza para remediar la situación.

El cura, en vista de tal incidente, pronunció el «Podéis ir en paz» y, sin dar gracias a Dios, los invitados salieron en tropel, camino de la plaza, buscando algún remedio para su estado de inanición. En unos segundos, la pista de baile se quedó vacía, solo quedó el vendedor de helados, que contaba el dinero con una sonrisa de triunfador pues había hecho el negocio de su vida en aquella boda.

Policarpo Anchuelo, el alcalde, y Clementa Armadillo, su mujer, junto a Francisca, su marido y Justi, su hijo, fueron los últimos en salir hacia la plaza después de esperar al cura y a los monaguillos, que también aceleraban el paso, dado el calor insoportable de ese día que habían elegido para la boda, y todo para asegurarse un tiempo soleado sin peligro de lluvias, que, por cierto, tardarían meses en llegar para regar los campos y caer por los canales de los tejados recién estrenados de El Olvido.

Mientras la gente se agrupaba en torno a las sartenes de carne guisada, con el fin de saciar cuanto antes el hambre y buscar un lugar a la sombra bajo la marquesina de la barra del bar, improvisada a lo largo de la pared del ayuntamiento, una nubecilla aislada se posó graciosamente sobre la plaza, dando un breve alivio de sombra a los comensales, que, aprovechándola, aplazaron su visita a la barra del bar hasta saciarse de aquel guiso que poco a poco, ante la satisfacción de Policarpo Anchuelo, el alcalde, y su mujer, fue desapareciendo de las sartenes, a la vez que se marchaban los comensales, los cuales sin despedirse de los novios ni de los padrinos, a lomo de mulas, burros y algunos coches, salían del pueblo comentando el desatino de una boda al aire libre en mes tan caluroso.

También los novios, en un descuido, habían desaparecido, apremiados por la imperiosa necesidad de compartir su intimidad en su nueva casa, que estrenaron como era debido, y un poco más, en su noche de bodas.

La tarde empezó a caer sobre la plaza del pueblo. Las luces del nuevo alumbrado público se encendieron dejando las hogueras mortecinas, dando a la plaza el aspecto de un campamento romano abandonado después de una contienda, y su pavimento de cantos rodados se veía sembrado de huesecillos de más de veinte corderos sacrificados, que fueron consumidos sin tino en el convite por los invitados llegados de toda la comarca de Vallehondo. Después, en la casa del alcalde, Francisca, Clemente Urrutia, Justi y su amiga pernoctaron esa noche invitados por sus nuevos parientes, para salir al día siguiente hacia la Ciudad del Mar sin haberse podido despedir de los novios, que tardarían una semana en aparecer en público, atrapados por un amor con hambre de siglos.

—Bueno —dijo el alcalde a Clementa Armadillo, su mujer, después de haber despedido a los invitados, dejándose caer exhausto sobre el sofá del salón—. ¡Ya hemos casado a la chica!

—Sí —dijo su mujer sentándose junto a él, mientras en el fuego hervía el puchero con un caldo de pollo, para desengrasar la comida ingerida en la boda—. Por fin solos.

Ese día la casa se quedó sumida en un silencio extraño, y el gato, casi siempre ocupado por el patio en cazar ratones, entró y se tumbó a los pies de sus dueños, para recuperar sus horas perdidas de sueño.

26

Poco a poco, una vida empezó para los recién casados, que una vez instalados en la casa recién estrenada no tardaron mucho en convertirse en parte de la clase burguesa de El Olvido, compartiendo a menudo mesa y mantel, y partidas de cartas en los días de invierno junto al fuego, o a la sombra de las glicinas en flor en el jardín si era primavera. Se intercambiaban regalos cuando celebraba su cumpleaños alguno de ellos, y se condolían entre ellos si algún motivo luctuoso les acontecía. Carlos, el alfarero, dejó de serlo en cuanto engordó sus cuentas con la venta de tejas. Se convirtió en terrateniente, y dueño de la casa cuyos capitales compartidos serían disfrutados por ambos como bienes gananciales.

No tardó el matrimonio en aprender las costumbres de los que, hasta entonces, habían estado al otro lado de la línea roja. Ahora, también ellos disfrutaban de los mismos privilegios.

En El Espejuelo, la casa de los claveles rojos fue vendida. El alfar, en el que Justino, el padre alfarero de Carlos, se había dejado la vida, fue abandonado. La maleza lo fue cubriendo como lo encontraron años atrás, y la furgoneta con la que hizo el reparto de material a las obras de El Olvido fue vendida, ocupando su lugar un coche de lujo que no desmereciera al lado de los coches de los vecinos.

Las cuadras de la nueva residencia de la pareja se convirtieron en naves para albergar los tractores y demás maquinaria agrícola. Y, de nuevo, sus naves de almacenamiento de cereales volvieron a llenarse en los siguientes años, haciendo a sus dueños cada vez más ricos, mientras los empleados del cuidado de la casa procuraban una vida feliz a sus dueños, que se vio colmada con la llegada de su primer hijo, al que, por imposición de Julita bautizaron como Borja Juan Luis Cayetano Manuel de Todos los Santos, en contra de la opinión del abuelo, que habría preferido para su nieto el nombre de Policarpo.